愛和恨的總量，由上天來分配在具體的人身上，便是命運。

經典3.0
ClassicsNow.net

什麼是幸福
戰爭與和平
War and Peace

托爾斯泰Leo Tolstoy 原著

王安憶 導讀

可樂王 故事繪圖

他們這麼說這本書
What They Say

插畫：吳冠廷

**有史以來
最偉大的小說**

毛姆 William Somerset Maugham

 1874 ～ 1965

💬 英國小說家毛姆，在《世界十大小說家及其代表作》一書中，將托爾斯泰的《戰爭與和平》列為世界十大文學名著之一，並讚其為：「有史以來最偉大的小說。」

赫曼・赫塞 Hermann Hesse

 1877 ～ 1962

💬 德國小說家，以1943年出版的《玻璃珠遊戲》這部作品，獲得1946年的諾貝爾文學獎。他曾讚譽《戰爭與和平》「此書應自天上來，非人間可得。」他也曾出版一本關於戰爭的論文集，獻給他的好友羅曼・羅蘭，書名就叫做《戰爭與和平》。

**此書應自天上來
非人間可得**

**是我們時代裏
最偉大的史詩
是近代的伊利亞特**

羅曼・羅蘭 Romain Rolland

 1866 ～ 1944

💬 法國作家，1915年諾貝爾文學獎得主。托爾斯泰是羅曼・羅蘭最景仰的大師，把他當成自己的精神導師。他曾說：「《戰爭與和平》是我們時代裏最偉大的史詩，是近代的伊利亞特。」而最令他感動的則是他們有過一次書信交流，托爾斯泰對於莎士比亞和貝多芬及其現代藝術的成就的不屑一顧乃至唾棄，他無法理解這位導師的意思，於是寫了一封信表達自己的困惑。半年之後他驚喜的收到托爾斯泰的親筆信，托爾斯泰在信中詳細的講解了他關於現代藝術的理解，對於羅曼・羅蘭影響極深。

列寧 Vladimir Ilyich Lenin

📅 1870 ～ 1924

💬 作為俄國共產革命的領導人，列寧一直非常重視托爾斯泰。他前後寫了七篇專門論述托爾斯泰的文章，稱他是「俄國革命的鏡子」。因為他的學說「反映了一直到最深的底層都在洶湧激盪的偉大的人民的海洋，既反映了它的一切弱點，也反映了它的一切有力的方面」。列寧還說：「由於托爾斯泰的天才描述，一個農奴主壓迫的國家的革命準備時期，竟成為全人類藝術發展中向前跨進的一大步。」

> 反映了
> 一直到最深的底層
> 都在洶湧激盪的
> 偉大的人民的海洋

王安憶

📅 1954 ～

💬 這本書的導讀者王安憶，現任上海復旦大學中文系教授。她曾說：「我的閱讀世界裏有兩座大山，一座是《悲慘世界》，一座是《戰爭與和平》，我一直很想去攀登。」她認為，托爾斯泰耗費那麼大的筆墨，寫了這場規模巨大的戰爭，是為了布置一個大舞台，好讓各色人等在上面表演。這一齣大戲也許很簡單，最終還是歸結到那一個問題，那就是什麼是幸福。

> 我的閱讀世界
> 裏有兩座大山，
> 《戰爭與和平》
> 是其中之一

你

📅 ？

💬 在二十一世紀此刻的你，讀了這本書又有什麼話要說呢？請到classicsnow.net上發表你的讀後感想，並參考我們的「夢想成功」計畫。

> 你要說些什麼？

和作者相關的一些人
Related People

插畫：吳冠廷

 1828 ～ 1910

 出生於土拉省的貴族家庭，1863年新婚後的托爾斯泰帶著妻子回到他的出生地「晴園」開始構思《戰爭與和平》，1869年完成這部史詩小説。

托爾斯泰
Leo Tolstoy

庫圖佐夫
Mikhail Kutuzov

 1745 ～ 1813

 俄國著名將領，一生戰功卓著，多次對土耳其的勝仗，以及最大的成功便是帶領俄國擊敗拿破崙。他在《戰爭與和平》中占有重要角色。

 1844 ～ 1919

 十七歲的時候嫁給三十四歲的托爾斯泰，前後共生了十三個孩子。除了打理家庭，她還為托爾斯泰整理、謄寫手稿。然而兩人的婚姻生活卻非常不愉快。為了擺脫她，八十二歲的托爾斯泰選擇離家出走，最後死在一個偏僻的車站裏。

索菲亞
Sophia Tolstoy

拿破崙
Napoleon Bonaparte

🗓 1769 ～ 1821

💬 出生於法屬科西嘉島，是法國第一執政、法蘭西皇帝。《戰爭與和平》以1805年與1812年的兩次俄法戰爭為背景，拿破崙也成為書中重要人物，1812年兵敗俄國讓他這位天才開始走向窮途末路。

🗓 1818 ～ 1883

💬 他的作品不僅對俄國本土影響甚鉅，也是將俄國寫實主義推廣至世界的重要使者，他與同時期的杜思妥也夫斯基、托爾斯泰並稱俄國寫實小說三大家。

屠格涅夫
Ivan Turgenev

杜思妥也夫斯基
Feodor Dostoyevsky

🗓 1821 ～ 1881

💬 擅長描寫生活於社會底層而又不同於一般常人想法的角色。作品《死屋手記》曾被托爾斯泰評為「最優秀的作品」。

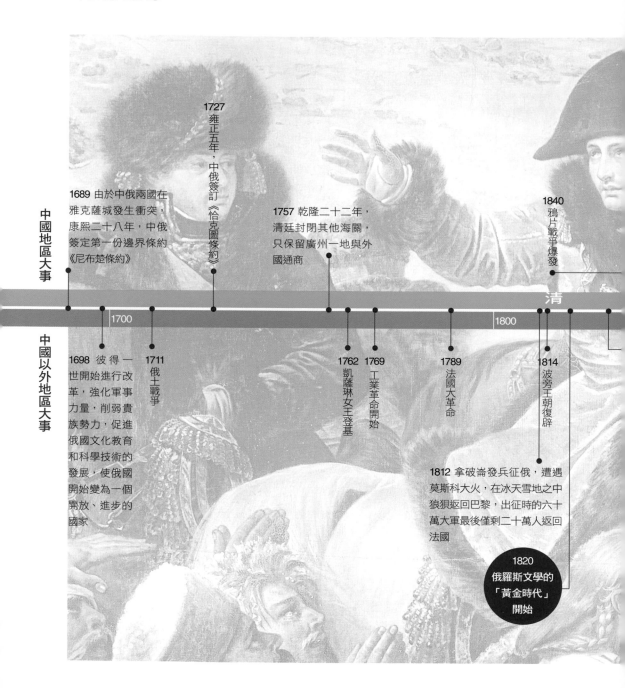

這本書的歷史背景
Time Line

中國地區大事

1689 由於中俄兩國在雅克薩城發生衝突，康熙二十八年，中俄簽定第一份邊界條約《尼布楚條約》

1727 雍正五年，中俄簽訂《恰克圖條約》

1757 乾隆二十二年，清廷封閉其他海關，只保留廣州一地與外國通商

1840 鴉片戰爭爆發

清

1700

1800

中國以外地區大事

1698 彼得一世開始進行改革，強化軍事力量，削弱貴族勢力，促進俄國文化教育和科學技術的發展，使俄國開始變為一個開放、進步的國家

1711 俄土戰爭

1762 凱薩琳女王登基

1769 工業革命開始

1789 法國大革命

1814 波旁王朝復辟

1812 拿破崙發兵征俄，遭遇莫斯科大火，在冰天雪地之中狼狽返回巴黎，出征時的六十萬大軍最後僅剩二十萬人返回法國

1820 俄羅斯文學的「黃金時代」開始

1919
五四運動前後，托爾斯泰的作品大量被譯成中文

1896
光緒皇帝主持「戊戌變法」失敗

1911
辛亥革命爆發，清朝亡

1856
第一次英法聯軍

1918 第一次世界大戰結束，奧匈帝國瓦解，德意志帝國滅亡

1991
蘇聯解體

1900

1830
法國七月革命，推翻波旁王朝

1848
馬克思和恩格斯發表共產主義宣言

1853
克里米亞戰爭爆發

1890
俄羅斯文學的「白銀時代」開始

1914
第一次世界大戰爆發

1917 俄國爆發二月革命，推翻沙皇；之後由列寧領導十月革命，成立蘇維埃政府，創建第一個社會主義國家

1869
托爾斯泰
完成長篇小說
《戰爭與和平》

1861
由於積壓已久的農奴問題，以至1826-1860年間發生了近千次的農奴暴動。1861年，沙皇亞歷山大二世見社會改革之必要，簽署了廢除農奴制的法令

TOP PHOTO

7

這位作者的事情
About the Author

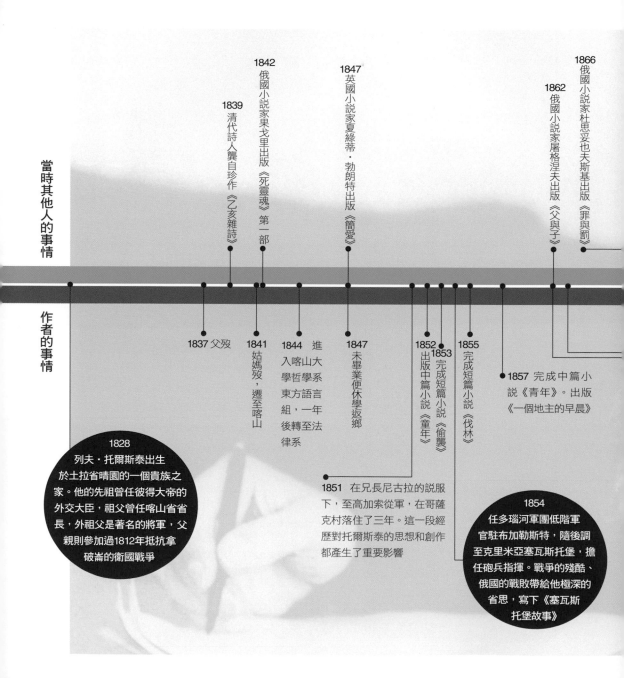

當時其他人的事情

1839 清代詩人龔自珍作《乙亥雜詩》

1842 俄國小說家果戈里出版《死靈魂》第一部

1847 英國小說家夏綠蒂‧勃朗特出版《簡愛》

1862 俄國小說家屠格涅夫出版《父與子》

1866 俄國小說家杜思妥也夫斯基出版《罪與罰》

作者的事情

1837 父歿

1841 姑媽歿，遷至喀山

1844 進入喀山大學哲學系東方語言組，一年後轉至法律系

1847 未畢業便休學返鄉

1852 出版中篇小說《童年》

1853 完成短篇小說《偷襲》

1855 完成短篇小說《伐林》

1857 完成中篇小說《青年》。出版《一個地主的早晨》

1828 列夫‧托爾斯泰出生於土拉省晴園的一個貴族之家。他的先祖曾任彼得大帝的外交大臣，祖父曾任喀山省省長，外祖父是著名的將軍，父親則參加過1812年抵抗拿破崙的衛國戰爭

1851 在兄長尼古拉的說服下，至高加索從軍，在哥薩克村落住了三年。這一段經歷對托爾斯泰的思想和創作都產生了重要影響

1854 任多瑙河軍團低階軍官駐布加勒斯特，隨後調至克里米亞塞瓦斯托堡，擔任砲兵指揮。戰爭的殘酷、俄國的戰敗帶給他極深的省思，寫下《塞瓦斯托堡故事》

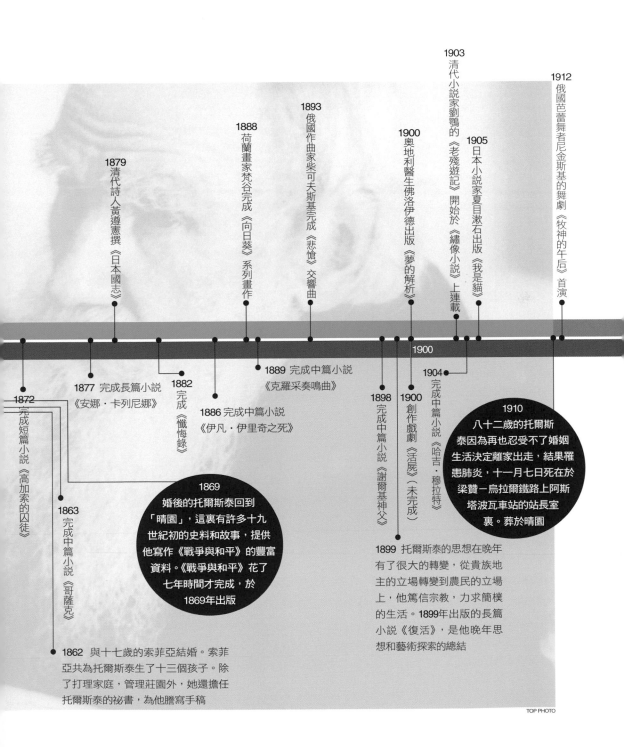

1903
清代小説家劉鶚的《老殘遊記》開始於《繡像小説》上連載

1912
俄國芭蕾舞者尼金斯基的舞劇《牧神的午后》首演

1893
俄國作曲家柴可夫斯基完成《悲愴》交響曲

1888
荷蘭畫家梵谷完成《向日葵》系列畫作

1900
奧地利醫生佛洛伊德出版《夢的解析》

1905
日本小説家夏目漱石出版《我是貓》

1879
清代詩人黃遵憲撰《日本國志》

1900

1877 完成長篇小説《安娜·卡列尼娜》

1882 完成《懺悔錄》

1889 完成中篇小説《克羅采奏鳴曲》

1886 完成中篇小説《伊凡·伊里奇之死》

1904 完成中篇小説《哈吉·穆拉特》

1898 完成中篇小説《謝爾基神父》

1900 創作戲劇《活屍》（未完成）

1872 完成短篇小説《高加索的囚徒》

1863 完成中篇小説《哥薩克》

1869
婚後的托爾斯泰回到「晴園」，這裏有許多十九世紀初的史料和故事，提供他寫作《戰爭與和平》的豐富資料。《戰爭與和平》花了七年時間才完成，於1869年出版

1910
八十二歲的托爾斯泰因為再也忍受不了婚姻生活決定離家出走，結果罹患肺炎，十一月七日死在於梁贊－烏拉爾鐵路上阿斯塔波瓦車站的站長室裏。葬於晴園

1899 托爾斯泰的思想在晚年有了很大的轉變，從貴族地主的立場轉變到農民的立場上，他篤信宗教，力求簡樸的生活。1899年出版的長篇小説《復活》，是他晚年思想和藝術探索的總結

1862 與十七歲的索菲亞結婚。索菲亞共為托爾斯泰生了十三個孩子。除了打理家庭，管理莊園外，她還擔任托爾斯泰的祕書，為他謄寫手稿

TOP PHOTO

9

這本書要你去旅行的地方
Travel Guide

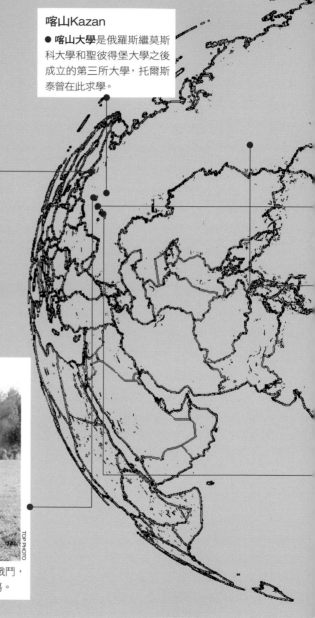

聖彼得堡St. Petersburg

● **冬宮**
沙皇皇宮。如今是俄羅斯最大的博物館，館藏有三百多萬件。

● **夏宮**
沙皇的離宮，位於芬蘭灣，由彼得大帝所建，又稱「俄羅斯的凡爾賽宮」。

● **十二月黨人廣場** 這一廣場是為紀念1825年十二月在這裏發動反對沙皇獨裁統治的政變而命名的。

喀山Kazan

● **喀山大學**是俄羅斯繼莫斯科大學和聖彼得堡大學之後成立的第三所大學，托爾斯泰曾在此求學。

博羅金諾戰場Borodino

博羅金諾戰役是拿破崙戰爭中最大和最血腥的一天戰鬥，超過二十五萬士兵投進了戰場，造成至少七萬人死傷。

莫斯科Moscow

- **新少女修道院**
  新少女修道院是莫斯科最美麗的修道院之一，最早建於十六世紀初。《戰爭與和平》的取材地點之一。

土拉Tula

- **晴園** 托爾斯泰的出生地、世襲的莊園、墓地，現改建為「托爾斯泰紀念館」。

- **托爾斯泰紀念館**
  托爾斯泰位於莫斯科的住所，1881年搬至此寫作。如今改為「托爾斯泰紀念館」，其建築及家具都保存得非常完整。

- **莫斯科紅場**
  原為莫斯科的主要市場，後來逐漸被用於各種公共典禮和聲明，及沙皇加冕之地。1812年莫斯科大火後，紅場重建並拓寬，形成現在的規模。

阿斯塔波瓦Astapovo

- **阿斯塔波瓦車站**
  托爾斯泰去世地點。

- **聖華西里大教堂**
  建於十六世紀，華麗的建築和九座大小不一的洋蔥形圓頂，彷彿童話中的城堡。

- **救世主大教堂**
  沙皇為紀念1812年俄法戰爭勝利而建立，是世界上最大的東正教堂之一。

11

經典3.0
ClassicsNow.net

目錄 什麼是幸福 戰爭與和平
Contents

封面繪圖：吳冠廷

托爾斯泰耗費那麼大的筆墨，寫了這場規模巨大的戰爭，是為了布置一個大舞台，好讓各色人等在上面表演。這一齣大戲最終還是歸結到一個問題，就是什麼是幸福。

戰事閒聊錄

我體驗到的那種愛是心靈的本質，它無需具體對象。我現在也體驗到這種幸福。愛他人，愛仇敵。愛一切，愛無處不在的上帝。愛一個親愛的人可以用人間的愛，但愛仇敵只能用上帝的愛。

1.0

導讀

王安憶

現任中國作家協會副主席，上海市作家協會主席，上海復旦大學中文系教授。
主要作品有《流水三十章》、《長恨歌》、《月色撩人》、《富萍窗下》等，作品被翻譯成多國語言。

要看導讀者的演講，請到ClassicsNow.net

托爾斯泰（1828-1910）他出生於土拉省的貴族家庭。他在兩歲喪母九歲喪父而成了孤兒，由姑媽撫養在外祖父的遺產莊園「晴園」裏成長。1850年代從軍，參與過克里米亞戰爭中的塞瓦斯托堡防衛戰。1852年發表第一部作品《童年》，與之後的《少年》、《青年》合為自傳三部曲，描寫他這位貴族孩子成長的心路歷程，貴族生活便是他最早掌握的創作主題。參戰後寫下《塞瓦斯托堡故事》，則是這位貴族青年走向面對國家社會問題的階段，戰爭的殘酷、俄國的戰敗帶給他極深的省思。接下來，對社會制度及人類文明發展的評判成了他創作中的著力點，發表了三部最重要的小說：《戰爭與和平》、《安娜·卡列尼娜》、《復活》。

《戰爭與和平》是一部巨作，篇幅特別長，有那麼多的人物，因人名都是從俄語翻譯過來的，特別冗長，有教名，有父名，有家族的名字，再加上自己的名字。要把這些人名搞清楚就很不容易了。

《戰爭與和平》最終的探尋：什麼是幸福的生活

我覺得，事實上也不是那麼複雜。這部小說在我看來——當然我不能說我的解釋一定切合托爾斯泰的原意——我以為事實上只是寫了兩個人，一個是安德烈，一個是皮埃爾。我覺得只是寫了這兩個人的思想歷程和人生道路，這兩個人的人生道路和思想歷程，又主要是為了解決一個問題，這個問題是什麼呢？很簡單，也很複雜，就是怎麼樣才是幸福。在全世界各地的民間傳說中，我們的主人公經歷了很多的艱難和困苦，最後一句話往往是：從此他們過著幸福的生活。那麼什麼是幸福呢？這是困惑每個人的問題。安德烈和皮埃爾也是要回答這個問題，他們從不同的途徑來解答什麼才是真正的幸福。為什麼托爾斯泰選擇這兩個人來回答這個問題？先來看看他們是誰。他們兩個人都是貴族，對他們來說，衣食早已不成問題了，他們不必自己動手掙衣食，全部人生都可用來清談，冥想，玄思，過著精神的生活。資產階級其實是很勞碌的，他們過著物質生活，而貴族是閒適的，只要他們願意，就可以很奢侈地討論精神價值。所以我想托爾斯泰之所以讓他們兩個人來承擔回答這個問題，是因為他們兩個人的身分是貴族。

他們這兩個人為什麼在這個時候發生問題，迫切於解決這個問題？還有他們經歷了什麼樣的階段，最後是不是回答了自己的問題？這就是我分析的主要內容。首先說為什麼讓安德烈和皮埃爾在《戰爭與和平》所描寫的這個時候面臨問題和挑

TOP PHOTO

（上圖）托爾斯泰手稿。
（右圖）托爾斯泰的書房。

15

《戰爭與和平》 1863年，新婚後的托爾斯泰帶著妻子回到「晴園」，這是他曾任外交大使的外公沃爾康斯基公爵留給他的珍貴遺產。珍貴之處不在於物質上，而是這片土地上遺留了太多十九世紀初的史料和故事。不難想像托爾斯泰會在這裏開始構思一部新的作品。起先他一直以「一八○五年」為題，蒐集了許多自己家族中父系母系的豐富資料，也把外公的形象化作小說中的保爾康斯基公爵，而這時期的托爾斯泰正值提升內在的人生階段，在婚姻幸福與安逸的個人莊園勞動中，他思索著大時代的家國問題，這些感受一一埋在文字中。1865年，他在《俄羅斯信使報》發表了作品的第一部，名稱定為《戰爭與和平》，這部巨幅的史詩又兼具纖細的心理分析、社會中各階層的個人生活風貌的傑作立刻引起極大回響和好評，1869年小說完成。

TOP PHOTO

（上圖）托爾斯泰與妻子索菲亞。
（右圖）寫作中的托爾斯泰，攝於公元1908年。

戰。我們剛剛已經說過了，他們的身分是貴族，為什麼讓這兩個貴族青年在這個時候發生這個問題。這當然是有原因的，那就是貴族階級的沒落，這個階層開始走下坡路。

貴族階層的沒落在小說裏有幾個方面的表現，第一個最主要的表現就是拿破崙戰爭，這也是整部小說貫徹首尾的情節線索。拿破崙向奧地利發起戰爭，俄羅斯作為他的同盟國參戰，還有波蘭。拿破崙出身自破落貴族家庭，這個破落戶揭竿而起，向皇權挑戰，要征服歐洲。小說一開始的場景，就是在彼得堡一個著名沙龍的晚會，人們談時尚，談緋聞，也談拿破崙。他們用非常鄙夷的話語議論拿破崙，在這些輕薄的談論中其實潛藏著一個嚴肅的恐懼，用在座的一位法國子爵的話來說，拿破崙一旦上台──「法國社會，我當然是指上流社會，將會被陰謀、暴力、放逐和死刑完全葬送掉。」

再一個方面，道德倫理岌岌可危，也就是禮崩樂壞，小說中四處可見貴族子弟墮落的細節。比較有代表性的就是海倫，關於他們一家，社交場上都有著十分不堪的傳言，私通甚至亂倫。她後來做了皮埃爾的妻子，為皮埃爾帶來痛苦和羞恥，而皮埃爾本人就是一個大貴族的私生子。整個貴族社會的糜爛、腐敗也證明這個階層在喪失活力。

第三，貴族的家庭──從某一方面來說和你我他的生活其實也很相像，那就是柴米油鹽七件事。此時，貴族家庭很普遍的，財政出現赤字，經濟都很緊張。比如說娜塔莎，這位女主角家的財政問題已經很嚴重了，當然他們的生活不是我們常人所想像的衣食住行，不說別的，只說他們家裏養的門客，就可以看出開銷之巨大，即便是在手頭拮据的情況下，他的太太還要慷慨地施捨貧窮的朋友；兒子依然需要大筆的賭資，為了在賭場掙得榮譽；娜塔莎的姐姐到了婚嫁年齡，更要有陪嫁，她的小軍官未婚夫向未來的岳父坦言，如果沒有適當的嫁妝，我是不能娶你的女兒，我想，他的家庭也等著這一筆嫁妝派用處呢！最後他們只能把家族財政的轉機寄

托爾斯泰的起居室，繪於
1860年，繪者不詳。
TOP PHOTO

本生故事 這是佛教釋迦牟尼本尊的生活故事，實際上是後世信徒結合古代印度及東南亞諸國的民間傳說編纂而成，藉由活潑生動寓意深遠的日常生活故事來向群眾宣傳教義。依據佛教的靈魂不滅、因果報應、輪迴轉世的教義，佛祖在悟道成佛之前，只是一個菩薩，未能超脫輪迴，經歷了五百多次的轉生，曾化為各種人物或動物，如國王、太子、賢者、善神、天人，或動物中的鹿王、猴王、象王、獅王等化身，無私奉獻，歷經磨難，最後才能修行成佛。

（右圖）印度阿占塔石窟（Ajanta Caves）佛本生故事壁畫。

託於長子的婚姻，於是，兒子就不能娶他心愛的窮姑娘。還比如，海倫的家庭，四處也都是漏洞，所以她的父親華西里公爵把眼睛瞄準了繼承到一大筆遺產的皮埃爾，終於得到這一位貴婿。

第四，我們可以從安德烈家的生活裏看到，這一個頗有淵源的大貴族，雖然依然擁有著財富，可是卻過著一種沉悶的生活。最明顯的是人口單薄，大宅子裏就住著寥寥主僕幾人。退出政治舞台的老公爵心情失落，性格乖戾，以折磨女兒為樂趣，女兒眼看著要成為老姑娘。安德烈娶了妻子，可是看起來不過是將無味的生活再延續下去。生活似乎只是因循著自然的法則在頹圮下來。就是在這個時候，人們開始懷疑，究竟有沒有所謂的幸福，要是有，又什麼才是。這些貴族子弟都受過很好的教育，養尊處優會產生紈袴子弟，也會孕育思想精英，托爾斯泰便派遣他們去接受精神的危機，繼而探索什麼是幸福。

關於這種懷疑的產生，我想說一個題外的故事。這個題外的故事來自印度本生，本生就是寓言故事，這一則叫做《懷疑本生》。故事說有一個菩薩，轉生到了鄉下，再繼續苦行，住在喜馬拉雅山上，有一天他忽然看見前面的蓮花池裏有一朵非常美麗的蓮花，別的蓮花都謝了，只有這一朵盛開著。他非常好奇，就跑到蓮花池裏摘下這朵蓮花，卻發現原來是一個非常漂亮的女孩。慢慢地，女孩長到十六歲，她的美貌已經名揚四海。這時候，就有一個國王前來求愛。苦行者說你可以娶這個女孩子，但是有一個條件，你必須猜出她的名字。於是，國王就開始不停地猜，不僅自己猜，還讓他的王公大臣一起猜，猜了一年也沒有猜出來。國王很喪氣，想放棄離開了，女孩說你不要走你再猜，你知道嗎，在某一個地方，有一種藤蔓，名字叫「希望」，一千年才結果子，有一群醉仙，為了喝果子的瓊漿，一千年中不斷地來看望藤蔓。你才過了一年怎麼就絕望了呢？國王留下來，又猜了一

拿破崙（1769-1821）出生於法屬科西嘉島，是法國第一執政、法蘭西皇帝。家鄉在他出生的前一年才被熱那亞共和國出賣給法國，這個教訓給了年輕的拿破崙很大的啟發，未滿十歲便到法國接受軍事教育，一路唸到巴黎軍官學校畢業，十六歲任軍官，開始軍旅生涯，一步步展現其軍事天才，畢生親自參與大型戰役逾六十場，有三分之二贏得勝仗。1796年擔任對義大利方面軍總司令，征服義大利後取得穩固的軍事及政治地位，遠征埃及和敘利亞、解散神聖羅馬帝國、多次瓦解歐洲反法同盟，正當他的歐洲霸主夢想逐步貫徹之際，入侵西班牙、俄國後漸顯疲態，1812年兵敗俄國讓他這位天才開始走向窮途末路。

（右圖）安托萬・讓・格羅艾羅戰役
這場戰爭發生於1806年，主要是法國與普魯士的戰役，由於俄軍援助普魯士，使得這場戰役陷入膠著，維持不勝不敗的局勢。

年，還是沒有猜到，他又喪氣了，女孩說你不要走，然後又講了蒼鷺的故事。有一天蒼鷺飛到一座高山上，景色非常漂亮，它就想在這裏待上一整天，但是山上沒有水也沒有魚，怎麼能待一天呢？就在這時，眾神之王打了勝仗，很得意，發誓願滿足世上一個願望，恰好，看到了蒼鷺，於是讓山下的水漲到山頂，蒼鷺又有水喝又有魚吃，舒舒服服在山上停留了一天。這兩個故事一個是講漫長的等待之後的必然性，一個講的是機遇促成的偶然性，兩者都需要虔誠心。這個國王就又留下來猜了一年，很困難的考驗，依然沒有所獲。這一回，國王真的決定走了，非常的沮喪，臨別的時候唱了一首歌，他唱道：「我的力量在減弱，旅行用品消耗完，懷疑生命臨末日，我要立刻回家轉。」他以為自己生命都要結束了，可是就是這個時候苦行者說，你猜到了，女孩的名字叫「懷疑」。從這個故事可以見出，懷疑並不是隨時產生的，它需要許多必然和偶然的準備，而一旦懷疑成立，建設就要開始了。

小說裏的真實與虛構

現在，我要談到真實和虛構的關係。我曾經看到在《世界電影》雜誌上，美國作家安妮・普魯克斯（Annie Proulx），就是《斷背山》的作者，談《斷背山》的創作過程。有一段話，可能我們一般人聽起來沒有什麼感覺，但是對寫作的人卻很重要，她說：「我和一位羊倌談話，以便確定我所描寫的1960年代早期，可以有一對白人牧童看護牧群，這一點是符合歷史事實的……」安妮・普魯克斯為什麼這麼較真，為什麼耗時耗力地尋求歷史真實？小說不是虛構嗎？有什麼是不能虛構的？可是，事實的真實就是很重要，小說是創造一種假設的生活，這種假設的生活是在真實的條件下發生，派生出故事和細節，真實是虛構的源泉。

《戰爭與和平》所起用的就是真實的歷史事件，那就是戰爭。因為戰爭是一個巨大的戲劇環境，在這個巨大的環境

23

庫圖佐夫（1745-1813）俄國著名將領，一生戰功卓著，多次對土耳其的勝仗，以及最大的成功便是帶領俄國擊敗拿破崙。年輕時曾在戰鬥中負傷失去右眼，得名「獨眼將軍」。暮年六十七歲時，仍被委以對法衛國戰爭的總司令大任，在這最後一役裏追擊拿破崙的途中病逝。他在《戰爭與和平》中占有重要角色，某方面代表著俄羅斯人的性格，與拿破崙的人定勝天做對比，托爾斯泰想要藉此闡釋的哲學觀是，舉凡歷史上的成與敗，並不在於個別一些人的意志與天分所成就，而在於那些人能否看透歷史事件中不可抗拒之勢的本質為何，並把自己擺在適當的位置上。

TOP PHOTO

（上圖）帝俄時期女皇所使用的兵器。
（中圖）庫圖佐夫。
（右圖）軍隊行經冬宮前。十九世紀俄國繪畫，當時正值俄法戰爭之際。

中，人會有什麼樣的感受和表現？托爾斯泰耗費那麼大的筆墨，寫了這場規模巨大的戰爭，是為了布置一個大舞台，好讓各色人等在上面表演，表演什麼樣的戲劇？這一齣大戲也許很簡單，最終還是歸結到那一個問題，就是什麼是幸福。

在托爾斯泰的《戰爭與和平》中，有一些人是歷史上真有其人，是誰呢？兩個人，一個是庫圖佐夫，他是對抗拿破崙戰爭的總司令，俄國戰將，打過著名的戰役；還有一個就是拿破崙。

真實的人物出現在這裏的時候，對於寫作人來說存在有一個悖論，一方面覺得心裏很踏實，我的虛構有一個靠得住的背景，靠得住的人和事，我的虛構就可能因循合理的邏輯，不會出大錯；另一方面呢？問題也來了，我能不能自由的表達他們？這就是問題。如今我們看《戰爭與和平》，我們離托爾斯泰已經那麼遠了，離開那一場戰爭也很遠了，我們卻可以相信那一切都是真實的，帶著這樣一個信任度閱讀，猶如身臨其境。我還是要提這個問題，為什麼我們要有一個真實的背景？ 回答可能是這個世界上最強大的創造者是大自然，大自然的創造是沒有什麼道理可講，沒有什麼好商量的，它就是這麼創造了。在這創造背後一定有它的理由，只是不能為人類所知。大自然的力量體現在物質上是開天闢地，山嶺川江。人文方面的是什麼呢？我認為就是歷史。我們這些寫作者都是小人物，不敢像托爾斯泰將那麼宏大的造物作為故事的背景，我們必須謹慎的對待我們的能力。而托爾斯泰就敢，這就是大手筆，是虛構中的造物。就這樣，這兩個人出現了，由於時空的隔離，我們無從認識庫圖佐夫，也無從認識拿破崙，當然關於他們的圖片和記載有很多，但那都是概念的，我們要尊重

他們的真實性，而在小說裏我以為相對來說是有自由的。這是從寫作者立場特別注意的一個關係，這兩個真實的人物，如何與虛構的人物發生關係。也就是說，對於安德烈和皮埃爾，這兩個歷史人物有著什麼樣的意義？他們的故事是怎樣從這兩個人物身上發生和繁衍的？ 在分別談安德烈和皮埃爾之前，我先把這兩個人做一個對比。為什麼不是讓其中的一個人去完成思想任務，而是要用兩個人完成？因為他們有不同的性格，不同的價值觀，不同的經歷，然後走上不同的道路，最後相輔相成地完成答案。

安德烈與皮埃爾的性格對比

安德烈是一個什麼樣的人，皮埃爾又是一個什麼樣的人呢？我曾經聽一位研究基因的科學院院士向我描繪世界，他說得很好，他說有兩個世界，一個是知道的世界，我們可以感受，求證，傳達；還有一個世界往往是被忽略掉的，就是信的世界，那裏的一切是可以相信卻無法證明的，但是它一定是存在著。當我想把安德烈和皮埃爾做對比的時候，我覺得安德烈就是一個知道的世界，安德烈什麼都知道，小說一開始，他方才出場，你就會看出安德烈是一個非常聰明的人，他看得清貴族階層內部所有弊病，因此他認識到沙皇體制是需要改良的地方，但他並不是共和主義者，他認為貴族的存在可以保持榮譽的概念，榮譽其實是一種精神的價值，視榮譽甚於生命，安德烈就是一位榮譽的信奉者，他知道自己要什麼。皮埃爾卻什麼都不知道，他是對現實生活嚴重缺乏常識的人，但是他信，他總是覺得這個世界上某個地方有一種什麼力量，驅使或者是暗示著什麼，但是他又不很清楚，這種茫然的信念使他懷著一種莫名的快樂，他出場的時候，你會發現他很快樂，胖乎乎，又高又大，對人友善，毫無成見，赤子之心，就是指他那樣的人，我覺得他還像美國電影裏的金剛。

27

俄羅斯貴族 十九世紀俄國社會可分成四個階級：貴族、神職人員、農民和城市居民（又稱商人階級）。貴族幾乎不事生產及勞動，全都由農民代勞，他們因此有大量的時間可以從事玩樂和藝文活動，不論是莫斯科、彼得堡或是鄉間的地主貴族，都投注大量的精力和時間於社交活動上，熱中參加各種沙龍、舞會、命名日聚會以及其他拜訪活動，在不停歇的舞會和宴會上，藉機展示或獲取權勢、利益和地位，這些活動幾乎構成俄國貴族生活的全部。

俄羅斯農奴 早期俄國農民是可以自由遷徙的，但隨著封建制度的建立，封建領主逐漸加強對農民的控制。一般說來，俄國農奴制的確立是在阿列克謝沙皇時期，於1649年頒布的《法律彙編》中，明確規定取消農民的遷徙權，將所有農民綁在出生地上，另外再將追索逃亡農民的期限從十五年改為無限期，並加強對收留逃亡農民的地主的懲罰，至此俄國農奴制大致確立。之後，俄國統治階級不但沒有放鬆對農奴的限制，反而持續加強。

（右圖）十九世紀冬宮內部。

安德烈的世界一切都是確定的，包括他的出身，他家族的譜系都非常清楚，他是大貴族保爾康斯基的獨子，繼承了他父親的爵號，所以就是年輕的公爵，他在應該結婚的時候結婚了，在應該生孩子的時候生了孩子，他知道貴族的責任是什麼，為了要維護榮譽，所以他要和拿破崙作戰，雖然他受到拿破崙魅力的吸引，但是他絕不會因此而將拿破崙當作朋友。皮埃爾是什麼都不確定都很可疑的人，包括他的出身，我覺得托爾斯泰對皮埃爾寄予的希望更大一些，怎麼說呢？我覺得似乎在宗教歷史或者民間傳說都有一個共同之處，凡是偉大的人，天地要給他大使命的人，他的出身都是很曖昧的，比如孫悟空，他是石頭裏蹦出來的，耶穌是生在馬槽裏，甚至他的母親都沒有受孕，釋迦牟尼雖然出身清白，可他卻拋棄了家庭，成為流浪者，這個皮埃爾也是有出生的問題的。

他是莫斯科一位大公爵的私生子，這個大公爵有無數的私生子，幾乎遍布全世界，但是他只認皮埃爾這一個，其他的他都不認，人家也無從認他，只有這個皮埃爾另當別論，是因為對他的母親有特殊的情感，還是對這個孩子有特殊的期望，不知道，總之他對皮埃爾負起了當父親的責任。他把這個孩子送到法國去受教育，法國是一個有著自由民主思想的國度，所以當皮埃爾在法國長大成人，再回到俄羅斯，走進社交圈裏，就成了一個怪物，他的行為舉止不合規矩，不通世故人情，更要命的是他崇拜拿破崙，而且是毫無遮掩的，公然為他說話，人們只是看他父親的面子才容忍他的。而他父親在去世之前，專門向沙皇申請讓他成為繼承人，如此，他非但有了合法身分，有了爵位，還有了豐厚的財產，原本對他不屑的人們經過一時憤憤不平，立刻轉而巴結他了。因此他的人生充滿著不確定因素，非婚生，在法國受教育，再回到俄國，突然之間則成為富人，在非理性的遭際中改變著命運。

所以，安德烈是一個理性的人，他對事物擁有理性的判斷，而皮埃爾是感性的，他沉迷於感官，他喜歡吃好吃的，

帝俄時代皇家舞會的場景，
可看出當時貴族生活之富裕
奢華。
TOP PHOTO

列賓《窩瓦河上的縴夫》
這幅畫是俄國畫家列賓的代表
作品，描述在窩瓦河畔以出賣
勞力賺取微薄薪資的縴夫辛勤
工作的模樣。縴夫主要是將行
駛於河上的船隻拉進港口，屬
於俄國下層階級百姓的工作，
與農奴地位相同。畫家描繪縴
夫的情境，正是對沙皇農奴制
度的嚴厲批評。

TOP PHOTO

©CORBIS

（上圖）東正教大主教的皇冠。
（右圖）沙皇尼古拉二世的婚禮，依照東正教傳統儀式舉行。與我們現今所認知的婚禮流程不同，新郎新娘必須先互換聖像，神父再將兩人的婚禮禮冠數次交換，緊接著新郎新娘吃聖餅、飲聖血（酒），神父才開始證婚。

喜歡喝酒，他喜歡女人的肉體，喜歡有趣的遊戲，被神秘的事物吸引，所以一方面他幹下了很多的荒唐事，另一方面，他也有著對玄思的愛好——他很奇怪安德烈缺乏「哲學幻想」，這就是安德烈，他渴望知道世界是什麼樣的，但是不相信世界能是怎麼樣的。就因為如此，安德烈很有行動的能力，當他決定做一件事情的時候，他會做得很成功。比如，他們在同一時期對自己的莊園進行改革，安德烈一一實施了他的計畫，而皮埃爾使得事情比改革之前更糟糕。皮埃爾是沒有實際能力的人，他生活在冥想裏。

安德烈和庫圖佐夫

現在，我們來看看這兩個虛構人物和兩個真實人物是怎樣的關係。我將他們組成兩對關係，安德烈和庫圖佐夫，皮埃爾和拿破崙。就像前面說過的，庫圖佐夫和拿破崙這兩個歷史真實人物的出現，是為開拓虛構世界的空間，庫圖佐夫擔負起了安德烈的命運轉折的重任。先談一談庫圖佐夫。賈平凹有一部長篇散文，叫做《老西安》，文中談到楊虎城，他說楊虎城是「渭北的一名刀客」，這就是坊間對歷史人物的描繪。我以為小說中的歷史人物，其實都有著坊間傳聞的色彩。

庫圖佐夫在托爾斯泰筆下，也是這樣。他第一次出場，是檢閱步兵團。早早的，一團人就在準備他的到來，列隊，操練，整頓軍容軍紀，剛剛收拾整齊，又覺得應該穿上大衣，更有行軍作戰的面貌，於是從背包裏翻出大衣穿上，卻發現有一個人的大衣不是同一款式，很是忙亂了一陣。可是庫圖佐夫到場之後，對這些良苦用心沒有任何注意，看了也像沒看見。他臉上的表情很倦怠，很慵懶，完全是應付差事一般。士兵的方陣，整齊的軍服，都不能使他興奮，恰恰是那個沒有穿統一軍服的人，讓他提起些勁頭，因為認出這是參加過對土耳其的著名戰役的戰友。還有就是對一名犯錯降級的軍官流露出一些興趣，這個人所犯的錯是在彼得堡幹了件荒唐事，不知從哪裏弄來一

頭狗熊，把狗熊和警察局長綁在一起扔到河裏。作為一個軍人，他似乎缺少對戰爭的熱情。大會戰之前，這是決定勝負的多國部隊的會戰，戰前會上，庫圖佐夫一直在打瞌睡，會議結束的時候才醒過來，説，好，打吧。他心裏卻知道，這場戰爭的結果一定是輸，可是他無法讓人們改變主意，那就打吧。他有一種什麼特質呢？他懂得有一種東西比人的算計和意志更加強大，就是事物發展的必然規律。

電影《印度之行》中，當那一對英國的婆媳隨印度醫生去旅行，在神秘的山洞裏年輕的媳婦行為失常，印度醫生被告上法庭，引發了政治性動亂。山洞裏到底發生了什麼，醫生到底對年輕的女性做了什麼，他究竟為什麼要與這些英國人如此親近？有一個重要的證人，就是英國婆婆，因為她們婆媳感情很好，有同樣的正義感，和醫生相處融洽，發生事故的時候，她就在山洞的附近。這位夫人很掙扎，她不知道應不應該作證，又要作證什麼？是證明醫生的品行沒有問題，還是證明媳婦的精神很健全？無論證明什麼，最終都會傷及她所友愛的人。故事裏有一個長老，他的哲學是一種不作為的哲學，就是説事情要發生總是會發生的，行動並不會起什麼作用。最後在開庭之前的晚上，夫人離開了印度，放棄了證人的責任。火車離站行駛在山岩下面，她忽然看見長老貼山壁而站，舉手向她致意，表示對她行為的贊同和尊敬。

我覺得庫圖佐夫就有點像東方的哲人。他為安德烈的故事中做出什麼貢獻呢？安德烈做了他的副官，因此有可能涉足決策階層，繼而進入戰爭的核心。安德烈剛到庫圖佐夫那裏報到的時候很積極，對這場戰爭充滿熱情，他覺得這是挽回皇權榮譽的偉大事業，當然在內心深處是期待以戰爭來激勵日常生活中的頹唐。可是戰事進行很不順利，奧國的軍隊受到極大打擊，敗退下來，俄軍倒是勝了一小仗，雖然戰果平平，犧牲了一個奧地利將軍，俘獲則很一般，可無論如何是一個勝仗，安德烈表現很勇敢，受了輕傷。庫圖佐夫派安

TOP PHOTO

（上圖）東正教聖母像，與我們印象中西方的聖母像看起來有很大的不同。
（右圖）東正教的耶穌畫像。

37

德烈去奧國宮廷送捷報，得勝和受傷都使他激動，可是興致
勃勃的他卻發現奧地利人的態度很冷淡，沮喪地來到俄國大
使館，他的朋友在那裏做外交官。這一位俄國外交官開導他
說，你想奧地利怎麼會高興？我們失敗，而你們勝了；你們
勝了又怎麼樣呢？我們失去了一個軍官。安德烈這就發現這
場戰爭並不關乎榮譽，只是關乎各國之間權力和利益的平
衡。安德烈心情鬱悶下來，戰爭的高尚性退讓給邦交關係，
這關係是一個名利場。更使他感到很奇怪的，他的外交官朋
友幾乎把彼得堡的沙龍整個兒地搬到了戰爭的前方，同樣的
喝酒、縱欲、談女人，糜爛和腐化在這裏照樣上演，他寄予
戰爭的拯救的希望開始崩塌。

幻滅與嬗變

　　緊接著，他在又一場戰役中又一次負傷，這一次傷勢很
重，重到軍隊給家屬發出了陣亡通知。肉體的痛苦對安德烈
產生一個提醒——我剛剛說了安德烈不重視感官，他不像皮
埃爾那樣單純，服從於本能。但是受傷向他提醒了感官的存
在，這種存在是以疼痛體現的，他突然發現這個世界上有一
種感覺是疼痛，這比什麼樣的占領和光榮都更強大，更有覆
蓋性。當他九死一生回到家中，他的妻子愛人正處在難產，
見了一面就死了。在安德烈的世界裏，一切都井然有序，邏
輯嚴密，都是可以推論的，此時，他突然發現了不對頭，事
情變得不講道理，莫名其妙。他的太太臨終的時候，臉上的
表情好像在責怪著誰：我沒有對任何人做錯什麼，你們為什
麼這樣對我。這個「你們」是指她的丈夫？還是指老天，命
運？由此，安德烈體驗到了無可控制的力量，他的唯物主義
思想得到了一個嬗變的機會，開始向著皮埃爾所說的「哲學
想像」進發，這個嬗變是以抑鬱症為表現的。他對戰爭不關
心了，對政治也不關心了，保皇黨、革命黨都不干他的事
了，他一心就在養育他的兒子。

TOP PHOTO

（上圖）普希金的妻子娜塔莉
亞·岡察洛娃，在當時被喻為
「聖彼得堡的天鵝」，也是上
流社會著名的交際花。普希金
正是為了維護妻子的名譽決鬥
而亡。
（右圖）普希金《先知》一書
中關於決鬥的插畫。

當他在莊園裏平凡度日的時候，和皮埃爾相遇過一次，這也正是皮埃爾經歷著思想上蛻變的時刻，但與安德烈相反，是處在激動興奮的狀態，他的昂揚情緒也感染了安德烈。這個時期裏，安德烈還有一次邂逅，就是遇見娜塔莎。這個娜塔莎是托爾斯泰寄予重託的女性，她和皮埃爾在此時出場都是不讓安德烈消沉，他還沒有走到終點，還要再受歷練。他迅速地愛上娜塔莎，然後和娜塔莎訂了婚，他對生活產生了一種新的希望，怎麼説呢？愛情，確實有著幸福的表象，他覺得他知道什麼是幸福了。就這樣，安德烈的抑鬱症不治而癒，重新對戰爭、對政治有了興趣，他重新出山了。這時候，政治也呈現出新面貌。因為拿破崙戰爭的影響，俄國開始自省體制和制度，正興起改革，安德烈做了關於軍隊和軍事的改革意見，遞交軍事條令委員會。可結果依然是失望，彼得堡照舊充滿著庸俗的瑣事，改革派和保守派互相爭奪他，雙方都是出於自身的利益考慮，他所寄熱望的改革派發起者其實是在玩弄權術。更要命的是，娜塔莎背叛了他。在此重創之下，他又一次參戰。前一次參戰，他是意氣風發的青年，想在戰爭中獲得榮耀，來療治私人生活的平庸。這一次實際上一切都在走下坡路，他的私人生活失敗了，而對戰爭的熱情早已消退，真不知道是拿什麼救什麼。這一次戰爭中他又受了重傷，這一回是真的沒救了，醫護隊護送他回後方，正好遇上莫斯科大撤退，於是匯入大撤退的車隊，這支車隊恰恰就是娜塔莎家的車隊。

在戰地醫院，他曾遇見他的情敵，就是這個人誘惑了娜塔莎，使他蒙受羞辱，他本是要和他決鬥的。但是他在傷病所裏面看到的人是什麼樣的狀況呢？這人已經鋸掉了一條腿，然後慢慢地死去。在傷痛和死亡跟前，他的名譽和受辱忽然變得渺小，愛情和仇恨也變得不重要。他和娜塔莎的不期而遇自然令他欣喜，但是沒有引起太大的注意，因為他面臨了更大的問題，就是死亡。死亡是一個需要「哲學想像」才能

TOP PHOTO

TOP PHOTO

（上圖）東正教的十字架。
（右圖）天主教臨終前抹聖油的儀式。

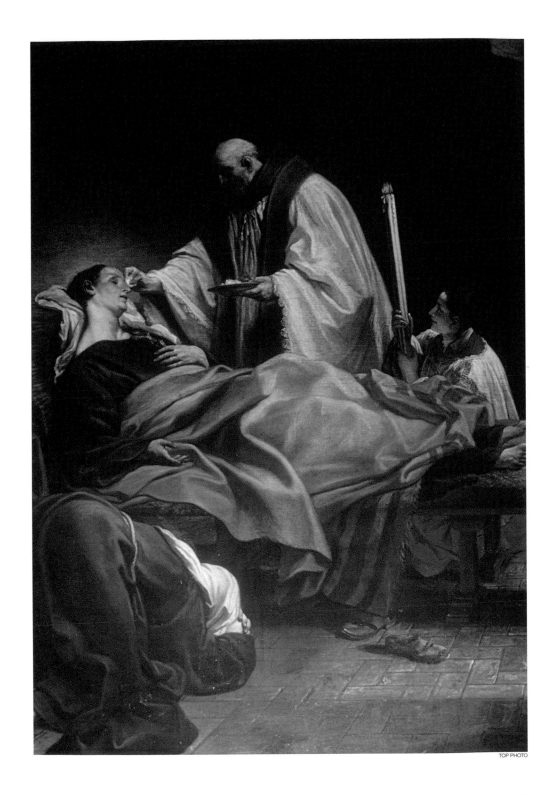

41

夠處理的問題，對注重實際的安德烈是極大的挑戰。

死亡的體驗

當安德烈第一次上戰場的時候，方才說過，他進入到決策的上層，看見的是厭倦和疲憊，而在前線，他遇見一個炮兵連連長，他軍階很低，對這場戰爭也沒有全局性的瞭解，簡而言之，他就是炮灰。但是很奇怪，他卻在戰爭中體驗到快樂。這快樂不是從戰爭本身中生出來的，而是從具體的勞動中得來，怎麼樣瞄準目標，如何發揮大炮的威力，讓炮彈在對方的陣地中開花，這個人的聲音總是很快樂的。有一回，這個快樂的聲音在說死亡，這是安德烈第一次聽到關於死亡的議論，在一個平民小軍官的嘴裏。他的意思是，人們之所以畏懼死亡，是因為誰也沒有經歷過，要是能知道死了以後的情景，就沒有人害怕了。我覺得這是一個伏筆，炮兵連長隨口說出來的話，將要由安德烈來親身經驗。安德烈現在要去經歷死亡了，這是托爾斯泰給他的大任務。在他將蹈入死亡的神秘國度時，他有什麼樣的體驗呢？所有的人和事，愛也罷，恨也罷，親也罷，疏也罷，所有的存在都融為總和。就像皮埃爾的世界，一個抽象的世界，所有的具體性，都在這個總和當中模糊了差異。所謂具體性，只不過是這個總和，隨機分配到每一個人的世界裏去。而在最終的時刻，又都彙總來了。其實，我想，這個境界連作者都不瞭解，他用思索，也就是「哲學想像」進行描摹，他將描摹的圖景，送給筆下的人物安德烈。死亡這一個最大的虛無，終於由安德烈走了進去。

TOP PHOTO

（上圖）1956年《戰爭與和平》電影劇照。由奧黛麗·赫本（娜塔莎）、亨利·方達（安德烈）與梅爾·法瑞爾（皮埃爾）主演。
（右圖）《戰爭與和平》插畫。安德烈與皮埃爾在莊園內談話。

皮埃爾和拿破崙

接著來看皮埃爾這個人，如同庫圖佐夫和安德烈，拿破崙和皮埃爾也是一對。前面說過，拿破崙最早出場在大家的口傳中，上層社會的沙龍裏，貴族，尤其是貴夫人，談到他的時候，心情很奇怪，誇張的厭惡和恐懼，從中享受著某種刺

激的快感。他的力量和野心，迷惑著人們。皮埃爾這樣的自由思想分子，又是來自巴黎，自然是崇拜拿破崙。而即便是保守黨立場的安德烈，對他也是心存敬意，覺得這是很了不起的人，並且暗地裏渴望可以成為拿破崙這樣的人，比如高舉著軍旗衝進敵陣，到鼠疫醫院和病人握手。有一幅圖畫幾乎驚世駭俗，庫圖佐夫下令撤退，放棄莫斯科，居民紛紛離開，只留下五分之一的人口，拿破崙獨自一人騎馬走在一個空城，你想一下都可以想到是如何的壯麗。

這一個拿破崙稱之為亞洲的城市，他心想終於見到了這個名城，就像一個小孩子，終於得到了夢寐以求的玩具，可這是一個大玩具，而且沒有人和他玩，得意之餘未免感到失落。這就是拿破崙，破落戶出身的新皇帝，驕傲，粗野，卻活力充沛，充滿希望。

皮埃爾是拿破崙公然的崇拜者，他在彼得堡的沙龍裏大肆宣揚拿破崙的觀點，使別人對他側目而視，他完全是一個異類。可是上層社會很快接受了這個異類，因為他得到了那麼巨大的一筆遺產，立刻成為社交界的寵兒，而皮埃爾艱辛的思想歷程也就從這裏開始了。當皮埃爾搖身一變成了有錢的爵爺，很多人，尤其是家中有待嫁女兒的，都想抓住他，但是最後還是被美人海倫捕獲了。說起來，這就像是一個陰謀，一切都由海倫的父親華西里公爵策畫，他首先製造一種氛圍，讓社交界以為皮埃爾準備向海倫求婚，同時呢，也讓皮埃爾沉醉在海倫的誘惑中，前面說過，皮埃爾是一個肉欲很強的人，又在巴黎的香豔風氣裏薰陶過。事情進行得很順利，很快發展到要緊關頭，出現了瓶頸，皮埃爾一直不開口向海倫求婚，原因是他這個不諳世俗的人，完全不知道到這一步應該做什麼，還因為，這是最重要的，那就是皮埃爾心裏從來沒有和海倫結婚的念頭。這可把海倫一家都急壞了，所有的求婚的環境都製造好了，皮埃爾卻什麼也不說。最後還是由華西里公爵開口，他是這樣開口的：感謝上帝，我非

TOP PHOTO

（上圖）19世紀俄國貴族服飾。
（右圖）民間沙龍的熱鬧景象。

©CORBIS

（上圖）法國共濟會聚會照。
（右圖）共濟會會議場景，繪
者不詳。

常非常高興，上帝保佑你們！就這麼稀裏糊塗地，讓這個曖
昧的局面成為事實。皮埃爾的心情是非常複雜的，他也激
動，和那麼美麗的人在一起，應當是幸福，但是他又覺得不
安，因為其實他並不瞭解海倫，意識到自己進入了一種危
險。事情很快就證明了他的擔憂，笨拙的皮埃爾從來沒有讓
海倫放在眼裏過，她的膚淺遠不能認識皮埃爾的價值，她依
然過著交際花的生活，讓皮埃爾蒙羞。皮埃爾提出跟海倫的
情人決鬥，皮埃爾一生都沒有碰過槍，可又巧又不巧，偏偏
是他一槍中的。他也不懂如何躲避子彈，結果子彈就不打中
他。這場勝出的決鬥並沒有讓他洗刷羞辱，反讓他非常的懊
喪，一個人，儘管是他的敵人，傷在了他的槍下。他不明白
生活怎麼變得那麼糟糕，莫名其妙地有了妻子，莫名其妙地
妻子背叛他，再又莫名其妙地和妻子的情人決鬥，一切都很
低下使他討厭。

接觸東方哲學

　　他離開他的華宅，離開莫斯科，並不知道去什麼地方，就
想離這些遠遠的。馬車在夜間停在一個驛站——我覺得驛站
這個地方是特別會發生故事的地方，南來北往的人在這裏換
馬，歇息，於是，素昧平生的人不期而遇，脫離生活常規的
離奇的邂逅就發生了。在驛站休息的時候，皮埃爾遇到了一
個人，一位共濟會的長老，共濟會是一個秘密宗教組織，教
義很複雜，且不論共濟會是怎麼回事，總之皮埃爾遇見了這
個共濟會的長老。長老的形象有一種苦行的色彩，衣著極其
樸素，清瘦而且衰弱，可是眼睛明亮，態度溫和，我覺得很
像甘地。托爾斯泰似乎內心趨向著東方哲學，西方哲學的推
論方法推不下去了，就會把希望寄託於東方神秘主義，比如
庫圖佐夫的思想方式，還比如安德烈臨終前的狀態，都有著
東方哲學想像。

　　長老認識皮埃爾，因為皮埃爾是著名的大貴族，又在莫

47

《安娜·卡列尼娜》創作於
1873-77年。住在晴園的托爾
斯泰著手寫一部關於他那個時
代社會生活的小說。他構思兩
條相對的情節線：安娜·卡列
尼娜的家庭戲劇，對照於年輕
地主康士坦丁·列文的居家恬
淡生活和精神思想，後者在形
象、思維和精神上都接近作者
本人。婚姻不美滿的安娜·卡列
尼娜在火車上邂逅軍官渥倫
斯基，當天聽到有人落軌而死
（作者的伏筆），之後渥倫斯
基在各種社交場合上開始追求
安娜，兩人情投意合便同居，
但問題反而越來越多，貴族階
層的渥倫斯基無法承擔社會異
樣眼光而與安娜經常爭執，安
娜受不了虛偽的社會以臥軌自
殺結束生命，表明自己的心意
外，也讓渥倫斯基懊悔一輩
子。作者企圖以家庭婚姻問題
來探討貴族社會的意識形態，
儘管當時的評論界很多人視之
為愛情小說，杜思妥也夫斯基
給予極高評價，直言這是一部
真正的社會小說。

（右圖）莫斯科大撤退場景，
繪者不詳。

斯科掀起這麼場大緋聞，長老顯見得和皮埃爾不是一個階
層，卻有著非常睿智的氣質，也吸引了皮埃爾，兩個人就開
始聊天，自然就談起共濟會的理想。這理想是什麼呢？關於
智慧。長老說最高的智慧是解釋世界的創造和人在其中地位
的科學。這一切是怎麼樣顯示的？又是如何才可能解釋清楚
呢？那就必須進化自己，也就是完善自己。這又像東方哲學
了，所以我說長老像甘地。長老說你的生活很雜亂，那麼多
的過剩的物質，那麼亂七八糟的人際關係，那麼荒唐的行
徑，你必須清理自己的生活，而共濟會是可幫助你做到這
些，這樣皮埃爾參加了共濟會，一時上，他覺得好像在一片
茫然中找到了方向。共濟會繁多的儀式約束了皮埃爾放縱的
行為，捐款的制度也滿足了他的奉獻精神，那個他冥冥中感
覺到的無形力量此時有了形狀，就是共濟會。

　　這一階段中，皮埃爾精神振奮，在安德烈消沉的日子裏，
有一次遇見皮埃爾，就是這個時候，皮埃爾在某種程度上激
起了安德烈的生活熱情。皮埃爾進入共濟會好比安德烈進入
戰爭，很快，失望就來臨了。他發現共濟會組織的陰暗面，
他並不懷疑長老，甚至更加懷念長老，只是發現長老的理想
被世俗化以後墮落腐敗了。當他發表宣揚他對共濟會的理解
的時候，被共濟會成員視為異端，最終驅逐出教會。他再次
消沉下來，回到了和海倫的婚姻生活當中。和安德烈一樣，
這是一次抑鬱症的發作。在思想歷練的途中，他們總是要患
抑鬱症，抑鬱症其實是嬗變的前兆。精神跋涉的旅程是相當
漫長的，什麼是幸福的答案，還很遙遠，可他正在接近它。

　　這時候發生了一件大事情，和皮埃爾並不直接有關，而
是關係到安德烈，但是卻對皮埃爾的生活起到推動作用，就
是娜塔莎背叛了安德烈。安德烈和娜塔莎訂婚，娜塔莎的家
庭很高興，沒有陪嫁的女兒有了一個很好的歸宿，更重要的
是娜塔莎和安德烈互相愛慕，這真是一個幸福的婚姻。然
而，安德烈的父親，老公爵堅決不同意，出於什麼理由呢？

49

1812年的博羅金諾戰役，正
是《戰爭與和平》中安德烈所
參與的第二場戰役。

也許只是老年人的怪癖。一個曾經輝煌過的人走在人生的末梢上，難免是失意的心情，對什麼都不滿意。當安德烈跟父親說要娶娜塔莎的時候，老人提出一個不合情理的條件，就是一年以後才能結婚，而且要兒子去外國養病，將這一對熱烈的未婚夫婦隔離開來。期間娜塔莎曾經由父親領著上門拜見，但是受到了冷遇。很不幸的，海倫的哥哥，就是那個傳說和自己妹妹不乾不淨的紈袴子弟，在此時出現，他誘拐了娜塔莎。娜塔莎所以受誘惑，實在與愛情無關，有負氣的成分，也有補償的成分，更因為娜塔莎是那種反叛的女孩，就像安娜・卡列尼娜，是可以不顧社會戒律，棄下家庭跟渥倫斯基同居，又毅然跳下火車鐵軌赴死。

這次荒唐的行為及時被發現和制止，可她和安德烈的婚事也玩完了，同時，嚴重地傷了安德烈的心。皮埃爾極其憤怒，不僅是為了朋友，而是——怎麼說，他甚至比安德烈更愛娜塔莎，他們的訂婚，他是又高興又難過，但他自認為安德烈比他強許多，他既配不上娜塔莎，也配不上安德烈這個朋友，他非常謙卑地愛著他們，所以他還非常的心疼，心疼娜塔莎。在他眼裏，海倫一家都是污濁的人，不可救藥，他不幸蹈入泥潭，是自作自受，為什麼還要污染那麼純潔而無辜的娜塔莎？他的生活又一次揭開骯髒的面目，比上一次，海倫的背叛更加不堪。於是，痛下決心，和海倫決裂了，他把很多的財產留給海倫，脫離了這個家庭。就是這時候，法軍和俄軍在莫斯科近郊激戰，庫圖佐夫大膽做出大撤退的戰略，拿破崙即將占領莫斯科。

拿破崙這個歷史人物就要進入虛構人物皮埃爾的情節了，這兩個人物的關係開始呈現，人性的戲劇，即將在歷史的時空場景中上演。這是《戰爭與和平》中最令我感動的情節，如同《復活》中，聶赫留多夫走在西伯利亞流放隊伍，是一個華彩章節，我覺得它們都有點東方王子釋迦牟尼的修行。

TOP PHOTO

（上圖）拿破崙觀望莫斯科大火，Vasilij Vereshchagin繪。（右圖）庫圖佐夫實施「焦土政策」，放火燒毀莫斯科城，打算斷絕法軍的任何資源。此舉果然扭轉了俄法戰爭的局勢，拿破崙進城後，面對空無的莫斯科城、又正逢冬日大雪，軍力漸疲，最後終於不得已從莫斯科撤回歐陸。

《復活》創作於1889-99年。
這時的托爾斯泰舉家遷移至莫
斯科，完成了最後一部長篇小
説。作品的主題簡單説是道德
的清洗，這是通往善的唯一道
路。小説主題針對平民瑪絲洛
娃與貴族聶赫留多夫之間的精
神道德上的蜕變來論述。聶赫
留多夫年輕時誘惑女僕瑪絲洛
娃委身於他，隨後便拋棄，多
年後再相見卻是在法庭上，身
為陪審團成員的聶赫留多夫來
審判已淪落為娼妓的瑪絲洛
娃，他認出了她，內心產生衝
擊，在精神意義上是罪犯的他
卻來審判無辜的受害者，於是
他堅持要與瑪絲洛娃共同承擔
罪行，一同流放去西伯利亞，
到了流刑地後瑪絲洛娃發現他
是真心要贖罪就原諒了他，但
為了成全他的貴族地位而不願
與他結婚，聶赫留多夫便放棄
一切獨自踏上自我救贖之路。
此時兩人都在精神意義上復
活。作者從這個故事來批判俄
國社會的道德死亡，唯有將物
質欲望及意識形態觀念完全抹
清才能得到新生。

©CORBIS

（上圖）西伯利亞流放者居住
的房屋。
（右圖）流放往西伯利亞必經
的佛拉基米爾大道。

刺殺拿破崙

　　皮埃爾一個人走在莫斯科，撤退的車隊人流從他身邊過去，其中也有娜塔莎家的車隊，從車窗裏看見他，他從哪裏來，又要到哪裏去。他打仗歸來，他怎麼打仗呢？他連槍都不會開，決鬥的那一槍是他生平中打過的唯一一槍，還闖了窮禍，他在那裏只有礙事。雖然礙了事，可人們也不討厭他，因為看出他沒有惡意，而且很和善，我説過，他就像「金剛」。他只是在旁觀戰，目睹了炮擊，槍殺，受傷和死亡，也親身經歷了恐懼和絕望。就在此時，他所感覺到的那一股無形的力量又一次實現為具體的目標，就是刺殺拿破崙，他對拿破崙的崇拜轉變成仇恨，因為是這個人一手造成了殘酷的戰爭。他不認識拿破崙，拿破崙更不認識他，而他決心刺殺拿破崙。他走回莫斯科，來到長老的寓所，長老已經去世，留下一所空房子，他在長老的書房裏度過整整兩天足不出戶的日子，我將它稱為靜修的兩天，這靜修又有一個現實的名稱，那就是醞釀刺殺拿破崙。他梳理了自己的思想和情感，回顧歷史上曾經有過的刺殺拿破崙以及後果，還反覆構思刺殺時要對拿破崙説的話，最後決定説的是：「好吧，把我抓去處決吧！」令人感到有意思的是，這時候皮埃爾變成了一個英雄主義者，就好像安德烈後來變成一個玄思者，這兩個思想者就這樣交會著跋涉，走著現實和虛無的之字型路途。

　　可是，在遇見拿破崙之前，一個法國軍官預先撞上他的槍口。這個法國軍官，英俊高大，生性風流，聽見皮埃爾説一口法語，認定他是法國人，無論皮埃爾如何強調他是一個真正的俄國人，都不能説服他，他將皮埃爾當作朋友。皮埃爾呢，所有對法國軍隊的仇恨，對抗的決心，都在這個具體的活生生的人面前瓦解了。不一會兒，他們就在一起喝著酒，談起了愛情的話題。皮埃爾很好奇地聽法國人談他的風流軼事，他所得意的愛情，很奇怪地有一種極不自然的性質，充滿著享樂主義。比如他同時愛上一對母女，結果是母親犧牲

托爾斯泰的救贖之道 從他最重要的三部長篇小説──《戰爭與和平》、《安娜·卡列尼娜》、《復活》，可以看到作者本身的代言人物，藉由他們的言行營造出一條救贖之道。《戰爭與和平》裏的貴族私生子皮埃爾意外獲得貴族地位的生活，面對國家、社會與個人問題時，對自己的身分地位與社會關係充滿疑問，《安娜·卡列尼娜》裏生活安逸的貴族列文，開始不斷質疑自己而想過自殺的問題，對照安娜誠實面對出軌最終決定臥軌自殺，諷刺了整個以男性為主體的社會的虛偽，到了《復活》裏的花花公子聶赫留多夫，已經明顯表達出自己的錯誤，並懺悔尋求解救。托爾斯泰的救贖之道是對自己，其實也是針對他所代表的貴族社會，他以小説來反映那個社會已死，身為社會中堅的貴族必須把既有的價值觀、意識形態都摒棄殆盡，精神道德才能獲得重生，俄國社會才得以復活。

自己，將愛情讓給女兒。這樣近乎亂倫的關係，因為法國人的淺薄而變得有些天真，多少抵銷了不道德感。法國人説過了他的故事，就也想聽聽皮埃爾的，皮埃爾便開口説起了他的愛情，對誰的愛情？對娜塔莎。似乎就在這一時刻，他開始正視自己的感情，原來心裏一直埋藏著一個人，所以他沒有發現自己愛她，實在是因為太愛了，愛到敬畏的地步。在這場奇怪的夜談之後，莫斯科大火燃起來了，四處都在燃燒，皮埃爾從火場中救出了一個小女孩，他就抱著這個小女孩在火光沖天的莫斯科裏走著。這一幅場景多麼動人！

然後他被法國人當作縱火犯，最糟的是從他身上搜出一把刀，他準備刺殺拿破崙的刀，事實上他已經將拿破崙忘了。就這樣，法國軍隊逮捕了皮埃爾，成為戰俘。這時候皮埃爾穿著破襯衫，一條士兵的褲子，農民的外衣和帽子，沒有鞋子。可他卻很寧靜，長老所説的過剩的物質全棄下了，生活變得極其單純。在俘虜營裏，皮埃爾認識了一個人，叫普拉東。就和安德烈所認識的那個炮兵連長一樣，他也有一種快樂的特質。被潰敗的法軍押送著撤離莫斯科的途中，他經常講一個故事，故事説兩個商人投宿在同一家客棧，第二天早上發現那一個有錢的商人死了，而在沒有錢的商人枕頭下搜到一把帶血的刀，順理成章就成了兇手，被判苦獄，這個貧窮的商人沒有怨言，接受命運，馴順地服刑，人們問他為什麼不抗辯？他説我為自己贖罪，也為別人贖罪，在上帝面前我們都是有罪的。

在此，我們又發現一個總量，罪與罰的總量，就好比安德烈臨終前覺悟到的愛和恨的總量。這一個總量是天意，又由上天來分配在具體的人身上，這便是命運。我以為這是一個非常重要的發現，在個別的局部的命運後面的永恆。

安德烈在死亡中找尋，皮埃爾在活著當中尋找幸福

托爾斯泰讓這兩個人分別履行思想的職責，什麼是幸福？安德烈在死亡中找尋，而給皮埃爾安排的是在活著裏當中尋

女性的力量 女性在托爾斯泰的救贖思想中，占有重要影響。《戰爭與和平》裏的娜塔莎·羅斯托娃以率真活力的俄羅斯女人天性讓安德烈重新燃起生活的希望，也讓皮埃爾最終認知到幸福的意義。《安娜·卡列尼娜》裏的安娜·卡列尼娜，對情夫渥倫斯基所代表的貴族男性虛偽社會以極端的手段報復——臥軌自殺，以死喚起社會的良知。《復活》裏的卡秋莎·瑪絲洛娃以自己的慘痛命運喚醒了曾騙她身又拋棄她的貴族公子聶赫留多夫。托爾斯泰所鋪陳的救贖過程中，女性往往是催化關鍵，或許是源自於女人的母性對「新生」有種天賦力量的寄望。

找。我們知道，安德烈安詳滿足地死去了，那麼，皮埃爾是如何活著呢？他的妻子海倫死了，因為荒淫過度，海倫死了，皮埃爾可以再結婚——由於宗教的戒律，他們不可以離婚，於是，皮埃爾和娜塔莎結婚了，如同民間故事裏說的，從此他們過著幸福的生活。他們的幸福生活其實是非常日常的，經營農莊，養育孩子，和諧的夫妻之道，不受窮，但也絕不過奢。在這裏我看到了托爾斯泰對幸福的一種理解，在《復活》裏面也出現過，當聶赫留多夫跟隨苦役犯走過西伯利亞的流放路途，最後去拜見西伯利亞要塞司令，在司令家中，他看到了一種和諧的生活，司令一家都是性情和善的人，他的女兒請他上樓去看看剛生下的一對小兒女，看著嬰兒酣甜的睡態，他非常感動。經過受苦，他發現人道的生活就是這樣簡樸卻不受罪，問心無愧，生活最好的境界就是這樣的。

所以他讓皮埃爾和娜塔莎結婚，生兒育女，養家活口。但顯然托爾斯泰還不滿足，他還有更宏大的理想，關乎全人類的，所以他還給了皮埃爾一個任務，什麼任務呢？時常地，皮埃爾會出遠門，去彼得堡，娜塔莎以為是處理一些田莊上契約方面的事務，可皮埃爾的神情卻顯得很神秘，似乎和政治有關係，隱約地，好像是在和十二月黨人接觸。

聖女娜塔莎

現在，我要說到娜塔莎了。娜塔莎確實在安德烈和皮埃爾的思想變革中起到關鍵性作用。我不知道出於怎樣的理由，托爾斯泰總是在女性身上賦予神聖的使命。在托爾斯泰筆下，女性通常不是理性，而是非常感性，我們在安娜·卡列尼娜身上可以看到一種熱情的、生機勃勃的形象。當她和渥倫斯基在車站邂逅，他們擦肩而過，並沒有寫安娜如何貌美，而是強調渥倫斯基情不自禁地回頭再看她一眼。

不止是渥倫斯基攜帶著情欲的眼睛裏，即便是像列文，具

（右圖）拉斐爾所繪的《聖母子》。

59

有著思想者的嚴肅面貌，都被安娜所吸引，他覺得安娜有著一種特殊的生氣。最後，安娜臥軌自殺，給渥倫斯基的名譽受損，他的母親說什麼？她說，她有那麼多的熱情，對誰有好處。這句話實在太對了，《安娜·卡列尼娜》寫的就是熱情，當然在這裏，熱情的結果是毀滅，而娜塔莎就不同了，她的熱情具有建設的力量。已經說過，娜塔莎是一個特別快樂的人，她可以在任何事物中汲取快樂，無論是自然還是人，都是她快樂的源泉，抑鬱症時期的安德烈，就是被她的快樂喚起了對生活的興趣。又在皮埃爾混亂紛沓的思想中，呈現出單純樸素的情感，由此引導他走向生活的本義。

有一件事情我經常在問自己，企圖尋找答案，什麼問題呢？就是為什麼要讓她犯錯誤。和安娜·卡列尼娜不同，安娜和渥倫斯基的愛情是有嚴肅的社會意義的，而娜塔莎則是一次真正的錯誤，好在托爾斯泰把她推到懸崖邊上，又及時拉住了。可是，為什麼要讓她有這個污點呢？我想，大約是因為托爾斯泰讓她也成為一名罪人，再得到救贖，這才有資格拯救兩個思想家。可能這解釋太膚淺了，但也無妨用來稍稍回答一下。流行歌手蘇芮的《牽手》中，有兩句歌詞：「因為路過你的路，因為苦過你的苦。」讓娜塔莎在我們共同的罪愆裏面也承擔有一點罪，然後再拯救她，就好像一次冶煉。當安德烈遇見她的時候，她一派天然，純真無邪，而在皮埃爾的愛情裏，她已經是個小罪人了，但這並沒有貶抑她的價值，反而使皮埃爾更加尊敬她。我想這不是指皮埃爾的寬容，有更多的愛，而是要說，娜塔莎的純潔裏已經有了理性。她不單純是個小女孩，無來由的快樂，而是一個經歷過生活的女性，就好像在馬槽裏生下基督的聖母瑪利亞，是受過孕的處女。還有《復活》，對聶赫留多夫的救贖，是由瑪絲洛娃這個墮落女子來實現的。這些戴罪的女性，就像折斷翅膀的天使誤入了人間。

故事繪圖

戰事閒聊錄

可樂王

詩人、藝術創作者。2003年創辦獨立詩刊《壹詩歌》，
作品有圖文書《旋轉花木馬》、《AD/CD俱樂部》、《青春寂寞國》、《戰爭》、《無國籍者》等。

戰後世界

戰後的世界，
感覺還不賴。

戰士都回家了。
坦克也回家了。
哥哥爸爸去打仗
也都回家了。

「是啊是啊！」
一片光明。

「以目前的氣勢看來，
國家也越來越
強大了！」

鏘鏘鏘！

嘿啊。
（流汗）

「該怎麼說呢。即使
再怎麼強大、再怎
麼無堅不摧，但
國家所代表的意
義也未必能取代
人民所代表的
意義吧！」

YA！
人民萬歲！
和平無價！
（嘿荷）

「嗯，不無道理。」

愛國主義和民族
主義到後來真是
令人傷心的東西啊！

倖存者

「死去的人的靈魂會回來嗎?」

「笨蛋! 又不是在拍電影 說回來就回來」

說的也是。

「擁有一切的
　時光真美。」

「是啊，
　還不賴。」

「三點了，
　要放什麼音樂。」

不如來一首
「愛情恰恰」
女子了。

乾杯吧，
慶祝這一切。

風景如此優美
何不來野餐！

外星人的看法

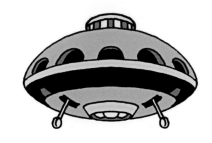

「外星人有在戰爭嗎？」

「當然沒有。相反的，
我們尤其熱愛和平。
我們外星人並沒有
所謂戰爭的歷史。
才沒有你們人類
這麼無聊呢。」

「那你們幹嘛老是
開著飛碟在
宇宙中飛
來飛去呀！」

「對呀，心懷不軌。」

「這完全是你們的
 想像，可別怪罪到
 我們的頭上。」
 外星人說。

「只有自私的人類，
 才會發動貪婪的
 戰爭。我們和
 兔子、松鼠和象
 一樣，才不來這
 一套呢！」

「嗯是呀。人類
 不僅自己好戰，
 更過份的是，竟
 然在小說、電影
 和動漫中，把
 我們塑造成攻
 擊地球的魔鬼。」

對啊！
（哼）
「真是可惡！」

宇宙末日

「如果他國把核彈
　投入我國，你會
　　憤怒嗎？」

「一定會啊。」蒙面仙人說。

就像把過期的漢堡
投入我的浴缸一樣，
　未免太無理了！

「所有失去人性的
　人應該都會
　幹下這種
　　壞事吧！」

然後就
世界末日了⋯⋯

「真是可惜。」

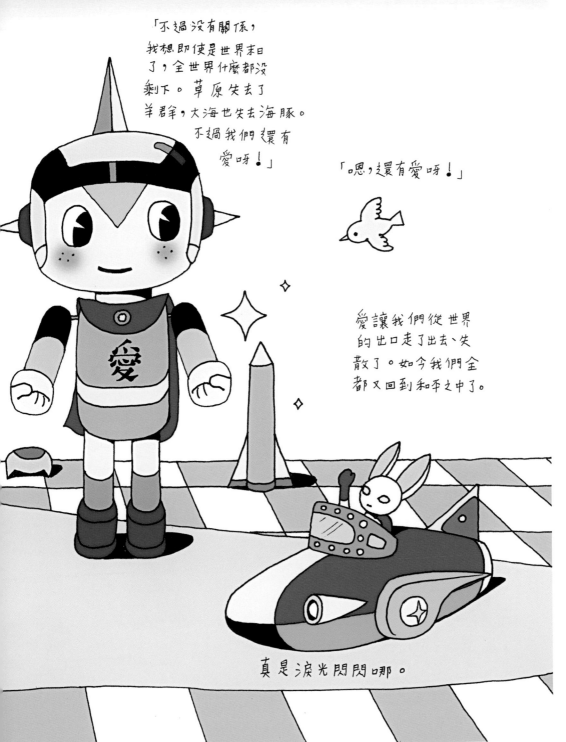

「不過沒有關係，
我想即使是世界末日
了，全世界什麼都沒
剩下。草原失去了
羊群羊，大海也失去海豚。
不過我們還有
愛呀！」

「嗯，還有愛呀！」

愛讓我們從世界
的出口走了出去、失
散了。如今我們全
都又回到和平之中了。

真是淚光閃閃哪。

遙遠星空中的
戰士與愛人之星

夜晚的天空
每一顆星星
都是一個戰士

死去的戰士
閃閃
發亮

好傷感喔！

據說其中
有一顆是
愛人星星。

她化為那流星，
擦亮夜空，
祈望叫喚愛人，
不停地尋找戰士
、尋找……
真是可憐的
悲劇啊
……

如今
只剩下
我們村裡的人
記得，
偶爾還會仰望
天空中的
戰士與愛人之星
……

花火

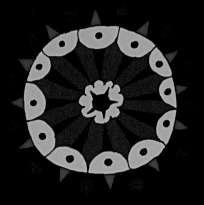

「換言之，
戰爭與和平
是一體兩面的事。」

的確如此。

所謂「和平的體悟」
則完全是從烽火中的
痛楚淬取而來的。

咕嘰

歡呼的言談

我們
都不應該是
國家的玩具。

一切應該
回到
生活之中。

我唯一的信仰
是自由。

切勿相信
政治人物！

如今我對一切
無不抱持
懷疑的
態度。

人的價值
無可取代。

彼埃爾先生，
勇敢、希望
這是你的名字啊！
你搜集了戰場
上的格言，放在
生命中火力四射！

娜塔莎
妳是否依舊
美麗而善變呢？
愛情世界因妳而旋轉

這是一種
永恆的奧義：
「就算在最最苦難中
的人，也要熱愛生命。」
托爾斯泰先生的話
依然在晴空中
閃閃發亮！

原典選讀

托爾斯泰 原著

草嬰 翻譯

選自《戰爭與和平》原著之

（由草嬰授權使用）

第二卷
第三部

1

1808年，亞歷山大皇帝去埃爾富特再次會晤拿破崙皇帝。關於這次隆重會晤的盛況，彼得堡上流社會談得很多。

1809年，世界兩巨頭（人們這樣稱呼拿破崙和亞歷山大）的關係變得十分親密，以致拿破崙今年向奧地利一宣戰，俄軍立刻越過國境，配合原來的敵人拿破崙去攻打原來的盟友奧國皇帝。此外，在最上層的圈子裏正在談論，拿破崙可能同亞歷山大的一位姐妹聯姻。除了外交問題，俄國社會特別關注的是當時正在進行的全面的內政改革。

不過，一般人所關心的只是健康、疾病、勞動、休息、思想、學術、詩歌、音樂、愛情、友誼、仇恨和欲望。他們依舊過著這樣的生活，既不關心政治上對拿破崙親近還是敵對，也不留意任何改革。

安德烈公爵在鄉下蟄居了兩年。皮埃爾在自己莊園裏不斷興辦事業，一項又一項，但都毫無結果。而這些事業，安德烈公爵卻輕而易舉地一一實現了，而且沒向人張揚。

安德烈公爵具有皮埃爾所缺乏的毅力。他憑著這種毅力，毫不費勁地推動了事業的發展。

在他的一個莊園裏，有三百名農奴轉成自由農民（這是俄國解放農奴的一個先例）；在其他幾個莊園，代役租代替了勞役制。在保古察羅伏，他出錢

請了一個經過訓練的產婆給產婦接生，又出錢請了一位神父教農奴和家奴的子弟讀書識字。

安德烈公爵有一半時間陪父親和幼小的兒子在童山度過；另一半時間則花在「保古察羅伏修道院」裏——父親這樣稱呼他的村子。儘管安德烈公爵向皮埃爾表示，他對外界的事不感興趣，其實卻密切注視著時局。他經常收到許多圖書，而且，從彼得堡政治生活中心來看望他和他父親的人，對國內外時事的瞭解都遠不如他這個蟄居鄉間的人。他自己對這一點也感到驚奇。

除了經營莊園和閱讀各種書籍，安德烈公爵近來正在分析我軍兩次戰役失利的原因，並草擬修改我軍軍事條令的意見。

1809年春，安德烈公爵去視察梁贊莊園。這個莊園將歸他兒子繼承，而他是兒子的法定監護人。

他坐在敞篷馬車上，被春天的陽光曬得暖洋洋，放眼欣賞著田野上的嫩草、樺樹的新葉和飄浮在藍天中的朵朵初春的白雲。他什麼也不想，只是快樂地茫然眺望著兩旁的自然美景。

他們經過去年同皮埃爾談話的那個渡口。馬車經過骯髒的鄉村、打穀場、田野、積著殘雪的橋塊、泥土被沖掉的上坡路、一道道留茬地和一叢叢嫩綠灌木，然後進入中間有道路穿過的樺樹林。樹林裏沒有風，簡直有點熱了。樺樹周身長出光澤的嫩

葉，一動不動；新生的小草和紫色的野花頂開去年的落葉，從地裏鑽出來。樺樹中間雜生著一棵棵小杉樹，常綠的針葉使人想起了不愉快的嚴冬。馬一進樹林就打響鼻，周身冒汗。

跟班彼得對車夫說了句什麼，車夫點頭表示同意。不過，彼得顯然還不滿足於車夫的同意，又從馭座上轉身對老爺說話。

「老爺，多麼爽快啊！」彼得恭敬地笑著說。

「什麼？……爽快，老爺。」

「他在說什麼呀？」安德烈公爵想。「大概是在說春天吧，」他向兩邊望望，想。「是啊，樹木都發青了……，真快！樺樹啦，稠李啦，赤楊啦，都發青了……，但櫟樹還沒有看到。哦，那邊有一棵櫟樹。」

路邊屹立著一棵櫟樹。這棵櫟樹大概比林子裏的樺樹老十倍，樹幹粗十倍，樹身高一倍。這是一棵巨大的櫟樹，粗可合抱，長有折斷已久的老枝，蓋著疤痕累累的樹皮。它像一個蒼老、憤怒和倨傲的怪物，伸出不對稱的難看手臂和手指，兀立在笑臉迎人的樺樹中間。只有它不受春意的蠱惑，不歡迎春天，不想見陽光。

「春天哪，愛情啦，幸福啦！」老櫟樹彷彿在這樣說。「這種年復一年的無聊騙局，難道你們還不膩味嗎？老是這樣的騙局，這樣的騙局！既沒有春

天，也沒有太陽，也沒有幸福。你們瞧，那些受擠的杉樹老是這樣死氣沉沉。再瞧瞧，我伸出殘缺不全的手指，背上一根，腰間一根，到處亂伸。我生下來就一直這樣站著。我不相信你們的希望，也不相信你們的騙局。」

安德烈公爵穿過樹林，幾次回顧這棵老櫟樹，彷彿希望從它身上看到什麼。櫟樹下長出了野花和青草，可它始終木然屹立在它們中間，陰沉、醜陋而頑固。

「是的，這棵櫟樹是對的，永遠是對的，」安德烈公爵想。「讓年輕人去受騙上當吧，我們可懂得生活了，我們的生活已經完了！」

這棵櫟樹在安德烈心中勾起一連串消極、悲愴而又愉快的思想。在整個旅途中，他彷彿重新思考了自己的一生，並又得出安於現狀的消極結論，覺得他沒有必要再開創什麼，只要不作惡，不憂慮，擺脫欲望，享盡天年就行了。

2

安德烈公爵為梁贊莊園託管事要去見縣首席貴族。現任縣首席貴族是羅斯托夫伯爵。五月中旬，安德烈公爵去訪問他。

已是暮春時節。樹林已披上綠裝；路上塵土飛揚，天氣很熱，經過水塘時真想下去洗個澡。

安德烈公爵悶悶不樂，一心考慮著他該向首席貴族問些什麼。這時，馬車駛進奧特拉德諾羅斯托夫家花園的林蔭路。他聽見右邊樹叢裏有姑娘們快樂的叫聲，接著看見一群姑娘從他的馬車前面跑過。跑在最前面的是一個黑頭髮、黑眼睛的姑娘。她長得很苗條，苗條得出奇，身穿一件黃色印花布連衣裙，頭上紮著一塊白頭巾，頭巾下露出一綹綹梳理過的頭髮。這姑娘向馬車跑來，嘴裏叫著什麼，但一認出是個陌生人，就眼睛也不抬，笑著跑回去了。

安德烈公爵不知怎的突然感到不痛快。天氣那麼美好，太陽那麼燦爛，周圍一片歡樂，可是這個苗條好看的姑娘卻不知道，也不願知道有他這樣一個人存在，而只滿足於自己愚蠢而又快樂的生活。「她為什麼這樣快樂？她在想些什麼？她不會想到軍事條令，也不會考慮梁贊代役制問題。那麼她在想些什麼呢？她為什麼這樣快樂？」安德烈公爵不禁好奇地問著自己。

1809年，羅斯托夫伯爵在奧特拉德諾莊園裏過著同以前一樣的生活，也就是說，用狩獵、看戲、宴會和音樂來款待全省的貴族。他歡迎安德烈公爵，就像歡迎一切新來的客人那樣，並且硬要留他過夜。

羅斯托夫伯爵家裏因命名日將臨而住滿了客人。老一輩男女主人和一批貴賓殷勤地招待安德烈公爵。在這無聊的日子，安德烈幾次窺察小輩中莫名

其妙地歡笑的娜塔莎，不斷問自己：「她在想些什麼？她為什麼這樣快樂？」

晚上，安德烈公爵隻身留在陌生地方，久久不能入睡。他看書，然後熄掉蠟燭，接著又把它點著。屋子裏關上百葉窗，很熱。他埋怨那個傻老頭（他這樣稱羅斯托夫伯爵），因為他藉口必要的文件還沒有從城裏送來，硬留他過夜。他也怨自己留了下來。

安德烈公爵爬起來，走到窗前開窗。他一打開百葉窗，月光彷彿早就守候在窗外，一下子傾瀉進來。他打開窗戶。夜清涼、寧靜而明亮。窗外是一排梢頭剪過的樹，一側黑魆魆，另一側則銀光閃閃。樹下長著潮濕、多汁而茂密的灌木，有些枝葉是銀色的。在黑糊糊的樹木後面有一個露珠閃亮的屋頂，右邊是一棵枝葉扶疏、樹幹發白的大樹，樹的上方，在清澈無星的春天的天空中掛著一輪近乎團團的月亮。安德烈公爵雙臂支著窗台，眼睛凝望著天空。

安德烈公爵的房間在當中一層。樓上房間裏也住著人，房間裏的人也沒有睡覺。他聽見樓上有女人的說話聲。

「再唱一次吧！」樓上傳來一個女人的聲音，安德烈公爵立刻聽出是誰的聲音。

「那你到底什麼時候睡啊？」另一個聲音說。

「我不要睡，我睡不著，叫我有什麼辦法！那

麼，最後一次⋯⋯。」

兩個女聲唱了一段歌曲的結尾。

「哦，多美啊！好，現在該睡覺了，結束了。」

「你睡吧，我可睡不著！」第一個女人的聲音在窗口回答。她的身子顯然已從窗口探出來，因為聽得見她衣服的窸窣聲，連她的呼吸聲都能聽見。萬籟俱寂，一切都凝然不動，就像月亮、月光和陰影那樣。安德烈公爵一動不動，唯恐讓人發覺他無意中聽到她們的談話和歌唱。

「宋尼雅！宋尼雅！」又聽見第一個女人的聲音。「哦，怎麼能睡覺呢！你瞧，多美啊！真是太美啦！你醒醒吧，宋尼雅！」她似乎是含著淚說的。「這樣美好的夜晚還從來沒有過，從來沒有過。」

宋尼雅勉強回答了一聲。

「啊，你瞧瞧，多好的月亮！⋯⋯哦，多美啊！你過來。好姐姐，你過來。喂，你看見了嗎？就這樣蹲下來，抱住你的膝蓋，使勁抱住，緊緊地抱住，這樣，你就會飛上天去了。就是這樣！」

「小心別跌出去！」

安德烈公爵聽見兩人的掙扎聲和宋尼雅不高興的聲音：

「已經過一點了。」

「哼，你在這裏只會礙我的事。好，你走吧，走吧。」

一切又歸於沉寂，但安德烈公爵知道她還坐在那裏。他時而聽見她輕微活動的聲音，時而聽見嘆息聲。

「啊，我的天！我的天！這是怎麼回事！」她忽然驚叫道。「睡就睡吧！」她說著關上了窗戶。

「她根本不在意有我這樣一個人！」安德烈公爵傾聽她說話時想，不知怎的又希望她提到他，又怕她提到他。「又是她！她像天公故意這樣安排！」安德烈公爵想。他的心靈裏突然湧起一股同他整個生活不相稱的雜亂的青春的思想和希望，他覺得自己的心情說不清，很快就入睡了。

3

第二天早晨，安德烈公爵不等太太小姐們出來，只同老伯爵一人告別，就回家了。

安德烈公爵回家已是六月初。他又來到那座樺樹林，那裏有一棵使他驚異難忘的疤痕累累的老櫟樹。馬車的鈴鐺聲在樹林裏響得比一個月前更凝重；樹林變得更茂密多蔭；散布在樹林裏的小樅樹沒有破壞總體的美，協調地吐出毛茸茸的嫩綠針葉。

天氣從早到晚一直很熱，一場雷雨正在醞釀，但空中只有一小塊烏雲往路上的塵土和嫩葉上灑下零星的雨點。樹林左邊被陰影遮住，顯得很暗；樹林右邊濕漉漉的，在陽光下閃閃發亮，被風吹得輕輕

擺動。萬物欣欣向榮，夜鶯的鳴囀此起彼落，時近時遠。

「對了，就在這裏，在這座樹林裏，有一棵櫟樹我覺得挺有意思，可它在哪裏呀？」安德烈公爵望著道路左邊的一棵樹想，沒有認出他看到的就是他在尋找的那棵櫟樹。老櫟樹完全變了樣，展開蒼綠多汁的華蓋，在夕陽下輕輕搖曳。如今生著節瘤的手指，身上的疤痕，老年的悲哀和疑慮，一切都不見了。從粗糙的百年老樹皮裏，沒有長出枝條，卻長出許多鮮嫩的新葉，使人無法相信這樣的老樹又會披滿綠葉。「對了，就是這棵櫟樹。」安德烈公爵想，心裏突然湧起一股難以名狀的春天的喜悅和萬象更新的感覺。他一生中所有難忘的時刻頓時浮上腦海。又是奧斯特里茨戰場上高邈的天空，又是妻子死後哀怨的臉色，又是渡船上的皮埃爾，又是陶醉在夜色中的姑娘，又是美好的夜晚，又是一輪明月，這一切都突然出現在他眼前。

「對，生命不能在三十一歲上結束，」安德烈公爵突然斬釘截鐵地說，「我心裏有什麼感覺，只有我自己知道是不夠的，應該讓人人都知道：應該讓皮埃爾知道，讓那個想飛上天去的姑娘知道，要讓人人都瞭解我，我活著不能只為我自己，也不能讓大家都像那個姑娘似的不關心我的存在，我的生命要在大家身上反映出來，要使大家都同我一起生活！」

安德烈公爵旅行歸來，決定秋天去彼得堡，並且為這個決定想出種種理由。他有一系列充足理由說明他必須去彼得堡，甚至必須去從軍。他現在簡直不明白，他怎麼會一度懷疑，人應該積極地生活，正像一個月前他不明白，他怎麼會想到要離開鄉村。他明白，要是他不把生活經驗用於實際工作中，不積極參與生活，那麼，他的經驗就毫無用處。根據原來站不住腳的理論，他的生活上得到教訓後，相信他還能有益於人，還能獲得幸福和愛情，那是自欺欺人。現在理智告訴他的是一種截然不同的理論。經過這次旅行，安德烈公爵對鄉間生活開始感到無聊，對原來的家務不再感興趣。他常常獨自坐在書房裏，站起來走到鏡子前，久久端詳著自己的臉。然後他轉過身來，望著麗莎的遺像。麗莎梳著希臘式髮髻，從金邊鏡框裏親切而快樂地瞧著他。她不再向丈夫訴說那些可怕的話，她只是快樂而好奇地瞧著他。安德烈公爵反背雙手，在屋子裏好久地來回踱步，忽而皺眉，忽而微笑，思索著那些難以用語言表達的像犯罪一般的秘密念頭。那些念頭關係到皮埃爾、榮譽、窗口的姑娘、老櫟樹、女性的美和愛情，並且改變了他的整個生活。在這種時候，要是有誰走進他的屋子，他就會變得特別嚴厲、淡漠、生硬，冷靜得叫人受不了。

「親愛的朋友，」瑪麗雅公爵小姐有時走進來說，「今天小尼古拉不能出去散步，天氣太冷了。」

「要是暖和的話，」在這種時候，安德烈公爵會特別冷冰冰地對妹妹說，「他只要穿一件襯衫就可以出去了，正因為天冷，才要穿上暖和的衣服，衣服就是為了禦寒而發明的。天冷應該多穿衣服，可不能把需要新鮮空氣的孩子關在屋裏。」他邏輯嚴謹地說，彷彿因自己不合情理的內心騷動而懲罰別人。在這種時候，瑪麗雅公爵小姐就會想，腦力勞動使男人都變得生硬乏味了。

第二卷
第五部

7

第二天，羅斯托夫伯爵聽從阿赫羅西莫娃的勸告，帶娜塔莎去見保爾康斯基公爵。伯爵這次去訪問心情不佳，他有點害怕。他記得上次兩人見面正好是徵集民團的時候，伯爵設宴招待，但因民團沒有足額而受到公爵的嚴厲訓斥。這事伯爵至今記憶猶新。今天娜塔莎穿了最漂亮的衣服，心情十分愉快。她想：「他們不可能不喜歡我，大家一向喜歡我。我真願意為他們做事，真願意喜歡他，因為他是他的父親，也願意喜歡她，因為她是他的妹妹，他們沒有理由不喜歡我！」

他們坐車來到伏茲德維任克街一座陰暗古老的住宅，走進門廳。

「哦，上帝保佑！」伯爵半開玩笑半認真地說；但娜塔莎看到父親走進前廳有點緊張，怯生生地低聲問公爵和公爵小姐是否在家。客人一到，僕人中間起了一陣慌亂。一個僕人進去通報，在大廳裏被另一個僕人攔住。他們低聲說了些什麼。一個使女跑進大廳，也匆匆地說了句什麼，提到公爵小姐。最後，一個老僕怒氣沖沖地跑出來，對羅斯托夫家人說，公爵不見客，但公爵小姐請他們進去。第一個出來迎接客人的是布莉恩小姐。她彬彬有禮地接待羅斯托夫伯爵父女倆，把他們領到公爵小姐屋裏。瑪麗雅公爵小姐邁著沉重的步子跑出來迎接客人，神態緊張，臉上泛起紅斑。她想顯得自然大方，但是裝不像。瑪麗雅公爵小姐第一眼就不喜歡娜塔莎。她覺得娜塔莎過分打扮，舉止輕浮，虛榮心很重。瑪麗雅公爵小姐自己也沒有意識到，在她沒看見未來的嫂嫂之前，因為羨慕她的美麗、年輕和幸福，又妒忌哥哥對她的愛，對她早就沒有好感。除了這種無法克服的反感之外，瑪麗雅公爵小姐此刻格外激動，因為一通報羅斯托夫家人來訪，公爵就大發雷霆，說他不願見他們，如果瑪麗雅公爵小姐願意，她可以接見他們，但不要讓他們來見他。瑪麗雅公爵小姐決定接見他們，但又提心吊膽，生怕公爵做出什麼乖戾的事來，因為羅斯托夫家的人一到，他就十分激動。

「哦，親愛的公爵小姐，我把我的百靈鳥給您帶來了，」羅斯托夫伯爵討好說，不安地環顧著，唯恐老公爵突然走進來。「你們認識了，我很高興。可惜公爵貴體一直欠佳。」他又說了幾句客套話，站起來。「您要是同意，公爵小姐，我把我的娜塔莎留在您這兒一刻鐘，我到安娜‧謝苗諾夫娜那兒去一下，就在狗市場，只有兩步路。然後我來接她。」

羅斯托夫伯爵想出這個花招，只是為了讓未來的姑嫂有一個暢談的機會（他後來這樣告訴女兒），更為了避免同他所害怕的公爵見面。他沒有這樣對女兒說，但娜塔莎明白父親的恐懼和不安，因此感到委屈。她為父親臉紅，更為自己臉紅而生自己的氣。她大膽而挑戰似地瞅了瞅公爵小姐，表示她什麼人也不怕。公爵小姐對羅斯托夫伯爵說，她很高興，請他在安娜‧謝苗諾夫娜家裏多坐一會兒。羅斯托夫伯爵就走了。

瑪麗雅公爵小姐想同娜塔莎單獨在一起談談，可是布莉恩小姐卻不顧公爵小姐的眼色，留在屋裏不走，滔滔不絕地大談其莫斯科的娛樂和戲劇。娜塔莎因為在前廳受到怠慢，父親驚惶失措，公爵小姐格外開恩接待她的不自然腔調，感到委屈。她覺得一切都不是滋味。她不喜歡瑪麗雅公爵小姐，覺得她長得醜，又裝模作樣，古板乏味。娜塔莎突然感到渾身不舒服，說話漫不經心，這就使瑪麗雅公爵

小姐更加疏遠她。經過五分鐘裝模作樣的不愉快談話，她們聽見穿便鞋的腳步聲迅速逼近。瑪麗雅公爵小姐臉上現出恐懼的神色。房門打開了，公爵頭戴白睡帽，身穿白睡袍，走了進來。

「哦，小姐，」保爾康斯基公爵說，「小姐，伯爵小姐……娜塔莎伯爵小姐，要是我沒弄錯的話……請您原諒，原諒……我不知道，小姐。上帝在上，我不知道您光臨，就穿著這樣的衣服來看我女兒，請您原諒……上帝在上，我不知道。」他那麼不自然、那麼不高興地一再說，把「上帝」兩字說得特別響，以致瑪麗雅公爵小姐呆呆地站在那兒，垂下眼睛，既不敢看父親，也不敢看娜塔莎。娜塔莎站起來行了個屈膝禮，也不知道她應該怎麼辦。只有布莉恩小姐一人得意洋洋地微笑著。

「請您原諒！請您原諒！上帝在上，我不知道。」老頭兒嘟嚷著說。他從頭到腳把娜塔莎打量了一番，走出去了。老公爵走後，布莉恩小姐第一個恢復平靜，談起老公爵的病情。娜塔莎和瑪麗雅公爵小姐默默地對視著，沒有說出她們想說的話，因此相互間更加反感。

等伯爵一回來，娜塔莎就不顧禮貌，表示高興，並且急著要走。這會兒她簡直憎恨這個冷淡乏味的老公爵小姐，因為同她待了半小時，她卻隻字不提安德烈公爵，這使娜塔莎感到難堪。「我總不能當

著這個法國女人的面先談到他啊，」娜塔莎想。瑪麗雅公爵小姐也為這事感到苦惱。她知道她應當對娜塔莎說說話，但她不能這樣做，因為布莉恩小姐妨礙她，還因為她自己也不知為什麼難以開口談到他們的婚事。等伯爵一走出屋子，瑪麗雅公爵小姐快步走到娜塔莎面前，握住她的雙手，深深地嘆了口氣說：「等一下，我要……」娜塔莎自己也不知為什麼，嘲弄地望著瑪麗雅公爵小姐。

「親愛的娜塔莎，」瑪麗雅公爵小姐說，「您瞧，我哥哥找到了幸福，我很高興……。」她停住了，覺得自己說的不是真話。娜塔莎注意到這一點，並懂得原因。

「公爵小姐，我想現在談這事不太方便。」娜塔莎說，表面上裝得很高傲冷淡，喉嚨裏卻被淚水哽住了。

「我說了什麼啦！我幹了什麼啦！」娜塔莎一走出屋子，就想。

那天大家吃飯等了娜塔莎好久。她坐在自己屋裏，像孩子似地大哭，擤著鼻涕，不斷抽噎。宋尼雅站在旁邊，吻著她的頭髮。

「娜塔莎，你哭什麼呀？」宋尼雅說。「他們跟你有什麼相干？一切都會過去的，娜塔莎。」

「不，你不知道這事多麼氣人……彷彿我……」

「別說了，娜塔莎，你又沒有錯，何苦這樣？吻

吻我吧。」宋尼雅說。

娜塔莎抬起頭來，吻了吻朋友的嘴唇，把淚痕斑斑的臉貼在朋友身上。

「我說不上來，我不知道。誰也沒有錯，」娜塔莎說，「全得怪我。但這一切叫人太難受了。唉，他怎麼還不來！……」

娜塔莎紅著眼睛去吃飯。阿赫羅西莫娃知道保爾康斯基公爵怎樣接待了羅斯托夫一家，但裝作沒注意娜塔莎傷心的臉色，在飯桌上一直跟伯爵和別的客人大聲說笑。

8

那天晚上，阿赫羅西莫娃訂了包廂票，羅斯托夫一家都去看歌劇。

娜塔莎本來不想去，但票子主要是為她訂的，她不願辜負阿赫羅西莫娃的一片盛情。娜塔莎打扮好到大廳等父親。她照了照大鏡子，看見自己長得美，長得很美，心裏就越發傷心，但這種傷心帶有甜味，充滿愛情。

「天哪！假如他在這裏，我就不會畏畏縮縮，傻頭傻腦了，我一定會面目一新，大大方方地摟住他，偎依著他，讓他用他那雙好奇的探究的眼睛瞧著我——他常常用這樣的眼睛瞧我，——然後我會使他像以前那樣發笑，而他那雙眼睛——啊，我現

在就看到他那雙眼睛了！」娜塔莎想。「他父親和他妹妹跟我有什麼相干，我只愛他，愛他一個人，愛他的臉，愛他的眼睛，愛他的笑容，愛他那又剛毅又天真的笑容……不，最好別去想他，別想，把他忘掉，暫時把他忘掉。哦，我再也受不了這種等待了，我要哭了！」娜塔莎離開鏡子，竭力不讓自己哭出聲來。「宋尼雅愛尼古拉怎麼能那樣沉著，那樣冷靜，並且那麼耐心地長期等待！」娜塔莎望著也打扮得漂漂亮亮、手拿扇子走進來的宋尼雅，想。「是啊，她完全是另一種人，我可辦不到！」

　　娜塔莎這時熱情洋溢，不能滿足於單是愛人和被人愛。她現在需要，此刻需要擁抱心愛的人，說出心裏翻騰著的情話，並且聽他也對她情話綿綿。她乘上馬車，坐在父親旁邊，若有所思地望著從結冰的窗子裏透進來的路燈光芒，覺得更加情思翻騰，無限惆悵，簡直忘了同誰坐在一起，要往哪裏去。羅斯托夫家的馬車加入車輛的行列，車輪緩慢地軋在雪地上，發出吱嘎聲，駛到劇院門口。娜塔莎和宋尼雅連忙提著衣裾跳下馬車；伯爵由跟班扶下車。三人就夾在男女觀眾和賣節目單的人中間，走到通包廂的走廊。從虛掩的門裏傳出來音樂聲。

　　「娜塔莎，你的頭髮。」宋尼雅低聲說。領票員慌忙彬彬有禮地搶先走到太太小姐們前面，打開包廂門。音樂聲更響了，門裏是一排排燈火輝煌的包

廂，包廂裏坐著袒胸露臂的太太小姐；池座裏制服耀眼，人聲嘈雜。一位貴婦人走進隔壁包廂，用女性的嫉妒目光瞅了娜塔莎一眼。幕還沒有升起，樂隊正在奏序曲。娜塔莎理理衣服，同宋尼雅一起走進去坐下，環顧著對面燈光雪亮的包廂。幾百雙眼睛注視著她的光手臂和脖子。她心中突然湧起一種久未體驗的又舒服又不舒服的感覺，由此又產生了一連串回憶、願望和激動。

兩個漂亮的姑娘，娜塔莎和宋尼雅，加上久未在莫斯科露面的羅斯托夫伯爵，吸引了大家的注意。此外，大家也約略知道娜塔莎同安德烈公爵訂了婚，知道從那時起羅斯托夫一家就住在鄉下。他們好奇地瞧著俄國一位出色人物的未婚妻。

大家都說，娜塔莎在鄉下出落得更加漂亮了，而今晚由於興奮顯得格外美麗。她那生氣蓬勃和青春洋溢的美，加上那副漠視一切的神態，使人讚嘆不已。她那雙烏溜溜的眼睛望著人群，但並不找尋什麼人，她那露到臂肘以上的細細手臂擱在絲絨欄杆上，她的手隨著序曲的拍子一張一合，把節目單也揉皺了。

「你看，那是阿列尼娜，」宋尼雅說，「好像同她母親在一起。」

「老天爺！米哈伊爾·基里雷奇更胖了！」老伯爵說。

「瞧！我們的德魯別茨基公爵夫人頭上那頂高帽子！」

「卡拉金家的人，裘麗和保里斯同他們在一起。一看就知道是一對未婚夫婦。」

「保里斯求過婚了！我是今天才聽說的。」申興走進羅斯托夫家的包廂說。

娜塔莎循著父親的視線望去，看見裘麗。裘麗又紅又胖的脖子（娜塔莎知道上面撲過粉）上掛著一串珍珠項鍊，喜氣洋洋地坐在母親旁邊。她們後面露出保里斯頭髮梳得精光的漂亮腦袋。保里斯面帶笑容，一隻耳朵湊近裘麗的嘴。保里斯皺著眉頭望著羅斯托夫一家人，含笑對未婚妻說著什麼。

「他們在談我們，在談我和他呢！」娜塔莎想。「他準是在勸慰未婚妻對我的嫉妒。他們這是自尋煩惱！我才不管他們的事呢。」

後面坐著德魯別茨基公爵夫人。她頭戴一頂綠色高帽，臉上現出聽天由命和怡然自得的神氣。他們的包廂裏彌漫著一對未婚夫婦的親熱氣氛，那是娜塔莎所熟悉和喜愛的。她轉過身去。突然想起早晨訪問時所受的屈辱。

「他憑什麼不願認我這個兒媳婦？唉，還是別去想他，等他來了再說！」娜塔莎想，環顧著池座裏熟識的和不熟識的臉。陶洛霍夫站在池座前排正中。他身穿波斯服，濃密的鬈髮向後倒梳，背靠樂

池欄杆。他站在劇院最顯眼的地方，知道自己吸引著全場觀眾的注意，神態自若，就像在自己家裏一樣。他的周圍都是莫斯科的漂亮小夥子，而他則是他們中的佼佼者。

羅斯托夫伯爵捅了捅滿臉通紅的宋尼雅，指給她看原先的崇拜者。

「你認出來了？」伯爵問宋尼雅。「他這是從哪裏冒出來的呀？」伯爵轉身問申興，「他不是好久沒露面了嗎？」

「好久沒露面了，」申興回答。「他到過高加索，又從那裏走了。據說，他在波斯邦君手下當大臣，在那裏殺死了王儲。哼，如今莫斯科的太太小姐們簡直都為他發瘋了！波斯人陶洛霍夫，這稱呼就夠迷人了。現在我們這裏三句話離不開陶洛霍夫：憑他的名字起誓，把他看作一客山珍海味，」申興說。「陶洛霍夫和阿納托里把我們的太太小姐們弄得神魂顛倒了。」

隔壁包廂來了一個高個子美人。她頭上盤著一條大辮子，露出豐滿的雪白肩膀和脖子，戴著兩串大珍珠，厚實的綢衣窸窣作響，好半天才在座位上坐好。

娜塔莎不由得注視著她的脖子、肩膀、珍珠和髮式，欣賞著她的肩膀和珍珠項鏈的美。當娜塔莎再次注視她的時候，這位太太回過頭來，眼睛同羅斯

托夫伯爵相遇，她向他點點頭，嫣然一笑。原來她就是皮埃爾的妻子海倫。交遊廣闊的羅斯托夫伯爵探過身去同她交談。

「您來了好久了，伯爵夫人？」羅斯托夫伯爵說。「我一定登門拜訪，一定去吻吻您的手。我嘛，是來辦事的，我把兩個姑娘都帶來了。聽說謝苗諾娃的演技蓋世無雙。皮埃爾伯爵從來沒忘記過我們。他在這裏嗎？」

「是的，他要去拜訪您的。」海倫說，仔細看了看娜塔莎。

羅斯托夫伯爵又回到自己的位子上。

「她長得很美，是嗎？」伯爵低聲問娜塔莎。

「美極啦！」娜塔莎說。「誰都會被她迷住的！」

這時響起了序曲的最後和聲，樂隊指揮用指揮棒敲了敲，幾個遲到的男人走進池座，幕升起來。

幕一升起，包廂和池座裏就鴉雀無聲。所有的男人，不論年老年少，不論穿軍裝還是禮服，所有的女人，裸露的身子上戴著寶石首飾，個個懷著強烈的好奇心，全神貫注在舞台上。娜塔莎也開始看戲。

9

舞台上鋪著平滑的地板，兩邊是彩色紙板做的樹木，後面是一大塊張在木板上的麻布。舞台中央坐著幾個圍紅腰帶、穿白裙子的姑娘。一個很胖的姑

娘，身穿白色綢布連衣裙，單獨坐在一張矮凳上，凳子後面貼著一塊綠色硬紙板。姑娘們都在唱歌。等她們唱完歌，白衣姑娘走到提詞人小室那裏。於是一個粗腿上穿著緊身綢褲的男人拿著一頂插有羽毛的帽子和一把短劍走到她面前，攤開兩手，唱起來。

穿緊身褲的男人先單獨唱了一段，然後白衣姑娘唱。兩人唱完後響起了音樂，樂隊開始奏樂，男人用手指撫摩著白衣姑娘的手，顯然在等待拍子與她合唱。他們合唱了一曲，全體觀眾都鼓掌叫好；舞台上那對扮情人的男女現出笑容，攤開雙手，向觀眾鞠躬。

娜塔莎長期在鄉下生活，現在又心情不佳，她覺得劇院裏的一切都顯得粗野而古怪。她無法留意劇情的發展，連音樂也聽不進去。她只看見彩色紙板的布景和身著奇裝異服的男女，他們在雪亮的燈光下活動、說話和唱歌。她知道做戲就得這樣做，但又覺得這一切太虛偽做作，不自然，使她時而替演員害臊，時而又覺得好笑。她環顧周圍觀眾的臉，想在他們臉上找到同樣嘲弄和困惑的神情，但一張張臉都注視著舞台上的表演，現出娜塔莎認為是虛偽的讚賞的神色。「大概非如此不可！」娜塔莎想。她時而望望池座裏一個個頭髮梳得精光的腦袋，時而看看包廂裏袒胸露臂的女人，尤其是鄰廂的海倫。海倫幾乎脫光身上的衣服，臉上現出寧靜

的微笑，眼睛盯著舞台。娜塔莎沐浴在照亮全場的輝煌燈光和由於觀眾散發出熱氣而變得溫暖的空氣中，漸漸進入她久未體驗的陶醉狀態。她弄不明白這是怎麼一回事，她在哪裏，她眼前在發生一些什麼事情。她看著，想著，頭腦裏掠過一些不連貫的奇怪念頭。她突然想跳到包廂邊上去唱那個女演員唱的詠嘆調，又想用扇子碰碰坐在附近的小老頭，又想湊近海倫去呵呵她的癢。當舞台上一片蕭靜，等待詠嘆調開始的時候，羅斯托夫家包廂附近的一扇門響了一下，一個遲到男人的腳步聲從池座地毯上傳來。「哦，他來了，阿納托里！」申興低聲說。海倫笑咪咪地向進來的人轉過身去。娜塔莎順著海倫的目光望去，看見一個非常俊美的副官傲慢而又恭敬地向他們的包廂走來。這就是她早在彼得堡舞會上見過並引起她注意的阿納托里。阿納托里現在穿著一套帶肩章和肩飾的副官制服。他邁著克制而又矯健的步伐，要不是他長得俊美，要不是他臉上現出和藹、滿足和快樂的神色，這樣的步伐就會使人覺得很可笑。儘管舞台上正在表演，他卻怡然自得地高昂起他那香噴噴的好看的頭，從容不迫地微微碰響馬刺和佩劍，沿著過道地毯走來。他瞧了娜塔莎一眼，走到妹妹跟前，把戴著手套的手放在她的包廂邊上，向她點點頭，然後俯下身指著娜塔莎問著什麼。

「真迷人！」阿納托里說，顯然是在說娜塔莎，但這句話娜塔莎與其說是聽見的，不如說是從他嘴唇的動作上看出來的。接著他走到第一排，坐在陶洛霍夫旁邊，用臂肘親熱而隨便地碰碰陶洛霍夫，當時有幾個人正在討好他。阿納托里快樂地向他擠擠眼，微微一笑，一隻腳擱在樂池邊上。

「兄妹倆真像！」羅斯托夫伯爵說，「兩個都挺漂亮。」

申興低聲告訴伯爵阿納托里在莫斯科的一件風流韻事，娜塔莎用心聽著，只因為他剛才說她迷人。

第一幕完了，池座裏的觀眾紛紛起立，亂烘烘地走進走出。

保里斯走到羅斯托夫家的包廂，若無其事地接受他們的祝賀，揚起眉毛，帶著漫不經心的微笑，向娜塔莎和宋尼雅轉達未婚妻要她們參加婚禮的邀請，然後走出去。娜塔莎愉快而帶著媚笑同保里斯談話，向她一度鍾情過的人祝賀。娜塔莎自己陶醉在愛情中，覺得一切都是簡單而自然的。

裸露著身子的海倫坐在娜塔莎旁邊，對所有的人露出同樣的笑容。娜塔莎對保里斯也同樣微微一笑。

海倫的包廂裏擠滿了人，靠池座的那邊則擠著一些最顯赫最聰明的男人，這些男人彷彿都在爭先恐後向別人表示，他們同她是認識的。

幕間休息時，阿納托里同陶洛霍夫一直站在樂池前，眼睛望著羅斯托夫家的包廂。娜塔莎知道他們正在談論她，感到很得意。她甚至轉過身來，好讓阿納托里看見她自認為最美的側面。第二幕開始前，皮埃爾來到池座裏。羅斯托夫家的人來莫斯科後還沒見到過他。皮埃爾滿臉愁容，比娜塔莎最後一次看到時更胖了。他走到前排，沒注意任何人。阿納托里走到皮埃爾跟前，望著和指著羅斯托夫家的包廂，同他說著話。皮埃爾一看見娜塔莎，立即高興起來，連忙穿過一排排座位向他們的包廂走去。他走到他們面前，臂肘支著包廂邊沿，笑咪咪地同娜塔莎談了好一陣。娜塔莎同皮埃爾談話時，聽見海倫包廂裏有個男人的聲音，不知怎的她立刻聽出那是阿納托里。娜塔莎回過頭去，正好和他的目光相遇。阿納托里用心醉神迷的目光含笑直望著她的眼睛，他離她這樣近，她又這樣熱情地瞧著他，並且相信他喜歡她，但她和他還不認識，這真是太彆扭了。

第二幕的布景是許多墓碑，天幕上有個洞表示月亮，腳燈去了燈罩。小號和低音提琴奏出低沉的調子，左右兩邊走出許多披黑斗篷的人。他們揮動雙臂，拿著類似短劍的東西；接著又跑出來幾個人，動手拉那個原來穿白衣、現在穿藍衣的姑娘。他們不是一下子把她拖走，而是同她一起唱了好久，然

後把她拖走。隨後後台發出三下金屬的敲擊聲，大家都跪下來唱祈禱詞。這些表演幾次被觀眾的喝采聲打斷。

在演出這一幕時，娜塔莎不時往池座張望，每次都看見阿納托里一隻手臂搭在椅背上，眼睛直盯著她。娜塔莎看到他這樣對她著迷，覺得很高興，根本沒想到這有什麼不對。

第二幕結束時，海倫伯爵夫人站起來，轉過身子（她的胸部完全裸露出來）對著羅斯托夫家的包廂，用戴手套的一個手指招呼老伯爵過去，也不理會走到她包廂裏的人，臉上掛著親切的微笑同伯爵說話。

「請您給我介紹一下您那兩位可愛的女兒，」海倫說。「全城都在稱讚她們，可我還不認識她們呢！」

娜塔莎站起來向豔麗奪目的伯爵夫人行了個屈膝禮。娜塔莎聽到這位絕色美人的讚美，高興得臉都紅了。

「我現在也想做個莫斯科人了，」海倫說。「您好意思把這樣的珍珠埋沒在鄉下嗎？」

海倫伯爵夫人果然名不虛傳，是個富有魅力的女人。她說話不假思索，脫口而出，特別善於阿諛奉承。

「不，親愛的伯爵，請您讓我來陪陪您那兩位女兒。我在這兒待不久，你們也待不久，可我會想辦法使她們高興的。我在彼得堡就多次聽到過你們的

事，很想跟你們認識，」她帶著她那始終不變的迷人笑容對娜塔莎說。「我從我的侍童保里斯那裏聽說過您的情況。您知道嗎，保里斯就要結婚了。我也從我丈夫的朋友安德烈公爵那裏聽說過您的情況。」海倫說到安德烈公爵時加重語氣，暗示她知道他同娜塔莎的關係。為了更好地認識她們，她要求羅斯托夫家一位小姐同她一起看其餘幾幕。於是娜塔莎就坐到她旁邊。

第三幕舞台上出現一座皇宮，裏面點著許多蠟燭，掛著許多畫，上面畫著一群留鬍子的武士。舞台前面站著兩個人，大概是皇帝和皇后。皇帝揮動右臂，膽怯而難聽地唱了兩句，然後坐到大紅寶座上。原先穿白衣、後來換藍衣的姑娘，此刻只穿一件襯衣，披頭散髮站在寶座旁邊。她悲傷地對皇后唱著什麼，但皇帝嚴厲地對她擺擺手。這時舞台兩邊走出一大批赤腳的男女，他們一同跳起舞來。然後，提琴發出尖細而快樂的聲音。其中一個姑娘，光著兩條粗腿和細臂，單獨走到幕後，整整腰帶，又走到舞台中央，開始跳躍，一隻腳碰著另一隻腳。池座裏的觀眾一起鼓掌喝采。然後一個男人站在台角。洋琴和小號奏得更響了，這個赤腳男人跳得很高，並腳碰腳。這人就是迪波爾，他憑這一招每年掙六萬盧布。池座、包廂和樓座裏的觀眾都拚命鼓掌喝采。迪波爾站住，笑容滿面地向四方鞠

躬。然後又是另一批赤腳男女跳舞，然後又是一個皇帝按著樂聲吶喊，於是全體又合唱起來。但突然間，狂風大作，樂隊發出半音音階和降低的七度音，大家都跑了，又把其中的一個拉到幕後，幕落下來，觀眾中又發出震耳欲聾的喧嘩聲和劈啪聲，個個情緒激動地叫著：

「迪波爾！迪波爾！迪波爾！」

娜塔莎已不覺得奇怪。她帶著快樂的微笑，得意洋洋地環顧四周。

「迪波爾真迷人，是不是？」海倫對娜塔莎說。

「噢，是啊！」娜塔莎回答。

10

幕間休息時，海倫包廂裏吹進來一股冷氣，門開了，阿納托里躬著身子，竭力不碰著任何人，走進來。

「讓我來向您介紹我的哥哥。」海倫說，眼睛不安地從娜塔莎身上移到阿納托里身上。娜塔莎回過她那好看的小腦袋，從光肩膀上向美男子微微一笑。阿納托里，近看和遠看都一樣漂亮，在她旁邊坐下來說，在納雷施金家的舞會上有幸見到她，從此就沒有忘記，並且從那時起一直渴望能再見到她。阿納托里跟女人在一起，要比跟男人在一起聰明得多，自然得多。他說話大膽而隨便，娜塔莎感

到奇怪的是，這個引起那麼多議論的人一點也不可怕，相反，他的微笑非常天真活潑，和藹可親。

阿納托里問她對表演有何印象，還告訴她，上次演出，謝苗諾娃在台上摔了一跤。

「我說，伯爵小姐，」阿納托里突然像對老朋友那樣對她說，「我們這裏要舉行一次化裝遊藝會，您應該來參加，一定很有趣。大家聚集在阿爾哈羅夫家。請您一定來，好嗎？」

阿納托里說這話時，笑吟吟的眼睛一直盯住娜塔莎的臉、脖子和光手臂。娜塔莎無疑知道他在欣賞她。這使她高興，但不知怎的，由於他在旁邊令她感到侷促不安，臉上發熱。當她沒看著他的時候，她發覺他在看她的肩膀。她不由得截住他的視線，覺得還是讓他看她的眼睛好。她望著他的眼睛，卻恐懼地感到，她同他在一起時，竟沒有她同其他男人在一起時所產生的那種羞怯感。她自己也不知道是怎麼回事，五分鐘後就覺得她同這個人非常接近。當她轉過身去時，她怕他會從後面抓住她的光手臂，吻她的脖子。他們談著極其普通的事，她卻覺得他們之間已親密無間，她跟男人從沒這樣接近過。娜塔莎回顧海倫和父親，彷彿問他們這是怎麼一回事，但海倫正忙於同一位將軍談話，對她的目光沒有反應，而父親的目光除了像他一向說的「你開心，我也高興」之外，沒有別的含義。

阿納托里用他那雙眼睛平靜而執拗地盯住她看，在這難堪的沉默時刻，娜塔莎為了打破沉默，問他喜不喜歡莫斯科。娜塔莎問過後，臉紅了。她總覺得她同他說話是不體面的。阿納托里微微一笑，彷彿在鼓勵她說話。

　　「起初我不怎麼喜歡，你要知道，一個城市怎樣才能引人喜愛呢？那就是要有漂亮的女人，您說是不是？但現在我很喜歡莫斯科，」阿納托里說，意味深長地瞧著她。「您來參加遊藝會嗎，伯爵小姐？請您一定來！」他說，伸手去碰她的花束，接著又壓低聲音說：「您將是最漂亮的小姐。您來吧，親愛的伯爵小姐，把這朵花留給我做保證吧。」

　　娜塔莎像他自己一樣，不明白他說的是什麼，但覺得他那些難以理解的話含有不規矩的意圖。她不知道說什麼才好，就轉過身去，彷彿沒有聽到他的話。但她一轉身，便覺得他就在後面，離她很近。

　　「他現在怎麼啦？不好意思啦？生氣啦？要不要彌補一下？」娜塔莎問自己。她忍不住回顧一下。她對直望了望他的眼睛。他的親切、自信與和藹的微笑把她征服了。她也微微一笑，也像他一樣望住他的眼睛微笑。她又恐怖地感覺到，他與她之間沒有任何障礙。

　　幕又升起來。阿納托里走出包廂，輕鬆愉快，神態自若。娜塔莎回到父親包廂，她已完全順應當前

的環境。她覺得此刻發生的一切都很自然，而過去的一切，如她的未婚夫、瑪麗雅公爵小姐和鄉村生活，她卻一次也沒有想到，好像這一切都是很久很久以前的往事。

第四幕有一個小鬼，一面唱歌，一面揮動一隻手，直到他腳下的木板被抽掉、他跌下去為止。娜塔莎在第四幕中只看見這個場面。她內心激動而苦惱，因為她的眼睛離不開阿納托里。當他們從劇院出來時，阿納托里走到他們跟前，喊來他們的馬車，扶著他們上車。他扶娜塔莎上車時，握住她手腕以上的手臂。娜塔莎臉紅耳赤，興奮地回頭看了他一眼。他也眼睛發亮，溫柔地含笑望著她。

回家以後，娜塔莎才清楚地意識到剛才發生的事。她忽然想起安德烈公爵，不覺大驚失色。當大家從劇院回來坐下喝茶時，她當著大家的面哇地叫了一聲，臉脹得通紅，跑出屋去。「天哪！我完了！」她自言自語。「我怎麼能墮落到這種地步？」她雙手捂住脹紅的臉，坐了好久，竭力想弄明白是怎麼一回事，可是弄不明白，她也無法理解自己的感情。她覺得一切都混混沌沌，十分可怕。那裏，在燈火輝煌的大劇場裏，身穿釘亮片上衣的迪波爾赤腳在潮濕的地板上跳來跳去，還有姑娘們，還有老人們，還有袒胸露臂、安詳而驕傲地微笑著的海倫，他們一齊喝采叫好，那裏，在海倫身邊這一切

都是明白自然的；可是現在她單身獨處，卻覺得一切都難以理解。「這是怎麼一回事？我看到他怎麼會感到恐懼？我怎麼會感到內疚？」她想。

娜塔莎的心事她只有夜間在床上才能向老伯爵夫人一個人傾吐。她知道，宋尼雅看事情嚴肅而簡單，聽到這種事不是完全不理解，就是大驚小怪。因此娜塔莎決定自己的苦惱自己解決。

「我同安德烈公爵的愛情是不是被糟蹋了？」娜塔莎問自己，又帶著寬慰的微笑自己回答：「我真傻，問這個幹什麼？我出了什麼事？什麼也沒有。我沒有做過什麼事，也沒有招惹過什麼人。誰也不會知道今天的事，我也不會再見到他了。所以，明明白白，什麼事也沒發生過，沒有什麼可懺悔的，安德烈公爵仍可以愛我這樣的人。但我是個怎樣的人呢？哦，天哪，天哪！為什麼他不在這裏！」娜塔莎平靜了一剎那，立刻又有一種本能對她說，雖然這一切都是真的，雖然什麼事也沒有發生過，但她原先對安德烈公爵的純潔愛情卻完了。她又在心裏回憶了一遍同阿納托里的全部談話，又看見那個俊美而大膽的人握住她手臂時的臉容、手勢和溫柔的微笑。

31

跟班回到屋裏，向伯爵報告說，莫斯科著火了。伯

第三卷

第三部

爵穿上睡袍，出去觀看。跟他一起出去的還有尚未脫衣服的宋尼雅和蕭斯夫人。娜塔莎和伯爵夫人留在屋裏。彼嘉已離開家人，隨團去聖三一修道院。

伯爵夫人聽到莫斯科火燒的消息哭了。娜塔莎臉色蒼白，眼睛呆滯，坐在聖像下的凳子上（她一到就坐在那裏），根本沒注意父親的話。她傾聽著隔開三個屋子都能聽到的副官的不停呻吟。

「哦，太可怕了！」宋尼雅從外面回來，身子凍僵，心裏害怕，說。「我想，整個莫斯科都著火了，火光真嚇人！娜塔莎，你來看看，從窗口這裏看得見。」宋尼雅對表妹說，顯然想轉移她的注意力。但娜塔莎對她瞧瞧，彷彿沒聽懂她的話，眼睛又盯住爐坑的一角。今天早晨，宋尼雅不知怎的覺得應該告訴娜塔莎，安德烈公爵負傷了，現在就在他們的車隊裏。這事使伯爵夫人又驚訝又氣憤，而娜塔莎從那時起就變得呆若木雞。伯爵夫人生宋尼雅的氣，這在她是很少有的。宋尼雅哭了，要求寬恕，現在為了補過，就不斷安慰表妹。

「你瞧，娜塔莎，燒得多可怕！」宋尼雅說。

「燒什麼？」娜塔莎問。「哦，是的，莫斯科。」

為了不讓宋尼雅傷心並擺脫她，娜塔莎把頭湊近窗口，茫然望了望，卻什麼也沒看見，又坐回原處。

「你沒看見嗎？」

「看見了，我真的看見了！」她說，語氣彷彿要

求別來打擾她。

伯爵夫人和宋尼雅都明白，莫斯科也好，莫斯科大火也好，對於娜塔莎都毫不相干。

伯爵又回到裏屋躺下。伯爵夫人走到娜塔莎身邊，用手背摸摸她的頭，就像往常女兒生病時那樣，然後又用嘴唇觸觸她的前額，彷彿要知道她有沒有發燒，接著又吻了吻她。

「你著涼了。你身子在發抖。最好還是躺下。」她對娜塔莎說。

「躺下？好的，我躺下。我這就躺下。」娜塔莎說。

那天早晨，自從娜塔莎聽說安德烈公爵負重傷，現在跟他們一家同行後，她起初只是一再問。他要去什麼地方？他傷得怎樣？有沒有生命危險？她可以見他嗎？但他們對她說，她不能見他，他傷得很重，但沒有生命危險，她顯然不相信這些話，不過她認定，不論她問多少遍，得到的都是同樣的回答，也就不再問什麼，說什麼。一路上娜塔莎睜著一雙大眼睛（伯爵夫人知道並害怕這種眼神），一動不動地坐在馬車角落裏，現在又帶著同樣的神情坐在凳子上。她在考慮問題，她在做決定，或者已做了決定。伯爵夫人知道這一點，但究竟做了什麼決定，她不知道。這一點使她害怕，也使她苦惱。

「娜塔莎，脫衣服，寶貝，躺到我床上來。」（只

有伯爵夫人一人躺在床上；蕭斯夫人和兩個姑娘照例都躺在鋪乾草的地上。）

「不，媽媽，我睡這裏，睡地板。」娜塔莎生氣地說，走到窗前，開了窗。副官的呻吟從打開的窗口聽得格外清楚。她把頭伸到潮濕的夜空。伯爵夫人看見，她哭得那瘦肩膀不斷抖動，不斷碰到窗框。娜塔莎知道，呻吟的不是安德烈公爵。她知道安德烈公爵躺在跟他們同一個院子裏，躺在過道那邊的小房子裏。但這可怕的不停呻吟使她哭起來。伯爵夫人同宋尼雅交換了個眼色。

「睡吧，寶貝，睡吧，我的心肝！」伯爵夫人說，一隻手輕輕地拍拍娜塔莎的肩膀。「喂，睡吧。」

「哦，好的……我馬上就睡，馬上就睡。」娜塔莎說，連忙脫下衣服，解開裙帶。她脫下連衣裙，穿上短襖，盤腿坐在地鋪上，把又短又細的髮辮甩到前面，重新編過。她那細長的手指熟練地把辮子迅速解開，利落地重新編好。娜塔莎的頭習慣地從這邊轉到那邊，但那雙眼睛卻狂熱地圓睜著，直勾勾地望著前面。她穿好睡衣，在近門的草鋪上輕輕躺下。

「娜塔莎，你睡中間。」宋尼雅說。

「不，我睡這兒。」娜塔莎說。「您也躺下。」她煩躁地說，接著就把臉埋在枕頭裏。

伯爵夫人、蕭斯夫人和宋尼雅連忙脫了衣服睡

下。屋子裏只剩下一盞神燈。但戶外被兩俄里外小梅基希村的大火映得很明亮，從被馬蒙諾夫哥薩克砸毀的酒店裏，從大街小巷傳來老百姓喝醉酒的喧嚷，同時聽得見副官不斷的呻吟。

娜塔莎久久地聽著裏裏外外的聲音，一動不動。她先是聽見母親的禱告聲和嘆息聲、她身子下面床板的吱咯聲、蕭斯夫人熟識的鼾聲、宋尼雅均勻的呼吸聲。後來伯爵夫人喊了一聲娜塔莎，但娜塔莎沒有理她。

「她大概睡著了，媽媽。」宋尼雅低聲回答。伯爵夫人沉默了一會兒，又喊了一聲，但沒有人答應。

不多一會兒，娜塔莎聽見母親均勻的呼吸聲。娜塔莎一動不動，雖然她一隻光著的小腳露在被子外面，在地板上凍僵了。

一隻蟋蟀在牆縫裏叫起來，彷彿在唱著戰勝一切的凱歌。一隻公雞在遠處啼叫，附近幾隻立刻響應。酒店裏的喧嘩已經停止，只聽到副官的呻吟。娜塔莎坐了起來。

「宋尼雅！你睡了嗎？媽媽！」她低聲叫道。誰也沒有回答她。娜塔莎小心翼翼地慢慢站起來，畫了十字，她那嬌小柔嫩的光腳留神地踩在骯髒的冷地板上。地板吱咯響了一聲。她迅速地邁開步子，像小貓一般跑了幾步，抓住冰涼的門把手。

她覺得有一個重物均勻地敲打著四面的牆壁。原

來是她那顆破碎的心因為恐懼、緊張和愛情在猛烈跳動。

她打開門，跨過門檻，踏到寒冷潮濕的門廊泥地上。一股寒氣使她神清氣爽。她的光腳碰到一個睡著的人，她跨過那人的身子，打開安德烈公爵躺著的小房子的門。小房子裏很暗。後面屋角裏放著一張床，床上躺著一個人，凳子上點著一支很粗的蠟燭。

娜塔莎自從早晨得知安德烈公爵負傷並且同他們在一起，就決心要見見他。她不知道為什麼要見見他，她知道見面將是痛苦的，不過她一定要見他。

整整一天她心裏只存著一個希望，但願夜裏能見到他。但現在到了時候，她卻又因要看見他而感到恐懼。他傷得怎麼樣？他還剩下什麼？他是不是同那個不斷呻吟的副官一樣？是的，他就是這樣。在她的想像中，他就是這種可怕呻吟的化身。她看見屋角有一團模糊不清的東西，並把被子下豎起的膝蓋當作他的肩膀，她把他的身體想像得非常可怕，以致嚇得站住了。但有一種無法克制的力量把她往前推。她小心翼翼，一步一步往前走著，走到堆滿東西的小農舍中央。屋子裏，在聖像下的長凳上躺著另一個人（那是基莫興），地板上躺著另外兩個人（那是醫生和跟班）。

跟班坐起來，低聲說著什麼。基莫興腿傷痛得厲

害，沒有睡著，睜大眼睛瞧著身穿白襯衣、睡襖，頭戴睡帽的奇怪姑娘。跟班睡意朦朧，恐懼地問：「您要什麼？有什麼事？」這就使娜塔莎更快地走近有一個人躺著的角落。不管這人的身體多麼不像人，她一定要見他。她從跟班身邊走過，點著的蠟燭倒下來，她清楚地看到安德烈公爵雙手伸在被子外，他的模樣同平時見到的一樣。

他的模樣同平時一樣，但他那發燒的臉色、興奮地凝視著她的亮晶晶眼睛，尤其是他那從襯衫翻領裏露出來的孩子般柔嫩的脖子，使他顯得特別天真無邪。這模樣她在安德烈公爵身上可從沒見過。她走到他跟前，敏捷而利索地跪下來。

他微微一笑，伸給她一隻手。

32

自從安德烈公爵在博羅金諾急救站恢復知覺以來，已經過去七天。在此期間，他幾乎經常處於昏迷狀態。據同行的醫生說，高燒和受傷腸子的炎症準會使他喪命。但在第七天，他津津有味地吃了一塊麵包，喝了一點茶，醫生發現他的熱度降下來。那天早晨，他恢復了知覺。離開莫斯科後的第一夜，天氣相當暖和，安德烈公爵就留在馬車裏過夜；但到了梅基希村，傷員自己要求把他抬下車，給他喝點茶。抬進屋子時引起的劇痛使安德烈公爵大聲呻吟，他

又失去了知覺。他被抬到行軍床後，閉著眼睛一動不動地躺了好久。後來他睜開眼睛，低聲問：「茶呢？」他記起生活中這樣的小事，使醫生驚訝。他按了按脈，發現脈搏好轉，感到又驚奇又不滿。醫生發現這一點感到不滿，因為他憑經驗斷定，安德烈公爵不可能再活下去，如果他現在不死，過一陣子死就會更加痛苦。安德烈公爵團裏的紅鼻子少校基莫興也在博羅金諾戰役中腿部負傷。他們在莫斯科會合，被一起運走。跟他們同行的還有醫生、公爵的跟班、他的馬車夫和兩名勤務兵。

他們給安德烈公爵送來了茶。他大口大口地喝著茶。用發燒的眼睛望著房門，似乎竭力要弄明白什麼並想起什麼來。

「不要了。基莫興在這裏嗎？」他問。基莫興從凳子上爬到他跟前。

「我在這裏，大人。」

「傷得怎麼樣？」

「我嗎？沒什麼。您好些嗎？」

安德烈公爵又沉思起來，彷彿想起什麼事。

「書弄得到嗎？」他問。

「什麼書？」

「《福音書》！我沒有這書。」

醫生答應替他找一本，並問他覺得怎麼樣。安德烈公爵勉強而冷靜地回答醫生各項問題，然後說他

要在身下放一個墊子，因為他覺得難過，傷口痛得厲害。醫生和跟班揭開他身上蓋著的軍大衣，聞到傷口腐爛的惡臭，皺起眉頭，查看那可怕的地方。醫生對原來的包紮很不滿意，換了繃帶，把傷員翻過身來，使他痛得又呻吟起來，失去了知覺，並說胡話。他不斷要求把《福音書》拿來，放在他的身子底下。

「這費你們什麼事呢！」他說。「我沒有這書，你們去拿來，在我身邊放一會兒。」他可憐巴巴地說。

醫生走到門廊裏洗手。

「哼，你們這些沒有心肝的傢伙！」醫生責備給他倒水淋手的跟班說。「我只不過稍一疏忽，你們就讓他壓住傷口睡。這是非常痛的，我真不知道他怎麼受得了。」

「耶穌基督在上，我們好像是墊過的。」跟班說。

安德烈公爵第一次明白他在什麼地方，發生了什麼事，並記起他負了傷，怎樣負的傷，以及馬車停在梅基希村時，他要求把他抬進小屋的情景。他又痛得昏迷過去，後來在小屋裏喝了茶，又恢復了知覺。他又回想起他所遭遇的一切，尤其清楚地記起急救站裏的情景。當時看到一個他所不喜歡的人的痛苦，他又產生了新的幸福的念頭。這念頭雖然模模糊糊，如今卻充溢他的心靈。他記起現在他有

了新的幸福，而這幸福是同《福音書》聯繫在一起的，所以他要一本《福音書》。但他們讓他壓住傷口睡的不良姿勢和重新將他翻身使他又失去知覺。他第三次清醒，已是夜深人靜。周圍的人都睡著了。一隻蟋蟀在門廊外面鳴叫，街上有人叫嚷和唱歌，蟑螂在桌上和聖像上沙沙爬動，一隻秋天的大蒼蠅在他床頭和旁邊的大蠟燭周圍飛舞。

他的精神有點失常。一個健康人通常能同時思想、感覺和回憶許多事情，不過他有能力選擇一路思想或現象，並把注意力集中在上面。一個健康人能從沉思默想中醒悟過來，對進來的人打個招呼，然後又回到原來的思路上。安德烈公爵的腦子在這方面有點不正常。他的思想比原來更活躍，更清醒，但不受自己意志的支配。他腦子裏充滿各種各樣的思想和概念。有時，他的思想空前活躍、明晰和深刻，這在健康的時候是不可能的；但思維有時被一件意外的事打斷，那時就再也無法回到原來的思路上來了。

「是的，在我面前展現了一種無法從人身上奪走的幸福，」他躺在寧靜陰暗的小屋裏想，睜大一雙發熱的呆滯眼睛瞪著前方。「這是一種超越物質力量、超越物質影響的幸福，一種心靈的幸福，一種愛的幸福！人人都能知道它，但認清和決定它的只有上帝。那麼，上帝究竟是怎樣規定這種法則

的？為什麼兒子……」突然思路斷了，安德烈公爵聽見（不知是幻覺還是真的聽到）一個柔和的低語聲，不斷反覆說著「劈基—劈基—劈基」和「基—基」，接著又是「劈基—劈基—劈基」，又是「基—基」。在這片低低的樂聲中，安德烈公爵覺得，在他的臉上，在臉的正中，升起一座由針和木條構成的虛無縹緲的奇怪建築物。他覺得（雖然很難受）他必須竭力保持平衡，以免這座建築物倒塌；但它還是倒塌了，接著又在那片勻調的音樂聲中慢慢升起來。「升起來！升起來！不斷升起來！」安德烈公爵自言自語著。他傾聽著低語，感覺到針造的建築物在升高，偶爾看見蠟燭周圍的一圈紅光，聽見蟑螂的沙沙聲和一隻蒼蠅碰撞枕頭和他臉龐的嗡嗡聲。每次蒼蠅碰到他的臉，都給他一種燒灼的感覺；但同時他又感到驚奇，因為蒼蠅撞他臉上的建築物，卻沒有把它撞倒。但除此以外還有一個重要的東西。這是門口一件白色的東西，是一個獅身人面像，它也在擠壓他。

「但這也許是放在桌上的我的襯衫，」安德烈公爵想，「而這是我的腿，那是門；但為什麼老是升高，老是劈基—劈基—劈基，基—基，劈基—劈基—劈基……。」

「夠了，停止吧，停下吧！」安德烈公爵痛苦地向誰請求道。突然他的思想和感覺又變得非常清楚

和活躍。

「是的，愛，」他又十分清楚地想。「但不是那種為了什麼目的、出於什麼緣故而產生的愛，而是那種在我臨死前第一次體驗到的愛，那種面對敵人也能產生的愛。我體驗到的那種愛是心靈的本質，它無需具體對象。我現在也體驗到這種幸福。愛他人，愛仇敵。愛一切，愛無處不在的上帝。愛一個親愛的人可以用人間的愛，但愛仇敵只能用上帝的愛。因此，當我覺得愛那個人的時候，我體驗到了極大的歡樂。他怎麼樣了？他還活著嗎……人間的愛可以由愛變為恨；但上帝的愛是不會變的。不論是死亡還是別的什麼都不能把它消滅。它是心靈的本質。我這輩子恨過多少人。對所有的人，我都沒有像對她那樣愛過和恨過。」他生動地想到娜塔莎，不像以前那樣只想到他所喜歡的她的嬌媚可愛，而是第一次想到她的心靈。他理解她的感情、她的痛苦、羞恥和悔恨。現在他第一次懂得他拒絕她的殘酷性，看到他同她決裂是多麼殘酷。「但願我再有機會看到她一次。再一次看著她那雙眼睛說……。」

「劈基—劈基—劈基，基—基，劈基—劈基—砰！」一隻蒼蠅撞上來……他的注意力頓時被轉到另一個現實和昏迷的世界，那裏正在發生一件特別的事。在這個世界裏，建築物仍在升起而沒有倒塌，

仍舊有什麼東西在伸展，蠟燭仍舊發出一團紅暈，那個襯衫般的獅身人面像仍躺在門口；但除此以外，聽到吱咯一聲，有一股冷風吹進來，還有一個新的白色獅身人面像出現在門口。這個獅身人面像有他想像中的娜塔莎的蒼白的臉和亮晶晶的眼睛。

「唉，這連續不斷的昏迷真是痛苦！」安德烈公爵想，竭力從腦海裏驅除這張臉。但這張臉卻真實地出現在他面前，而且越來越近。安德烈公爵想回到原來純屬幻想的世界裏去，但他無能為力，他又昏迷了。輕輕的低語勻調地繼續著，有一樣東西壓迫著他，伸展著，一張奇怪的臉出現在他面前。安德烈公爵竭力想清醒過來；他的身子動了動，他突然耳鳴起來，眼睛發黑，他好像一個落水的人，失去知覺。當他甦醒過來時，那個有血有肉的娜塔莎，那個他最想用新近覺悟到的上帝的愛去愛的娜塔莎就跪在他面前。他明白這是活生生的真正的娜塔莎，他並不覺得驚訝，但暗暗感到高興。娜塔莎跪在他面前，恐懼而木然（她無力活動）地望著他，克制就要爆發的慟哭。她臉色蒼白，一動不動。只有下半部臉在微微顫動。

安德烈公爵輕鬆地舒了一口氣，微微一笑，伸給她一隻手。

「是您？」他說。「真是太幸福了！」

娜塔莎敏捷而小心地移動膝蓋湊近他，留神地拿

起他的手，彎下腰去，嘴唇輕輕地接觸到他。

「原諒我！」她抬起頭來低聲說，眼睛盯住他。「請原諒我！」

「我愛您。」安德烈公爵說。

「原諒我……」

「原諒什麼呀？」安德烈公爵問。

「原諒我所做的……事。」娜塔莎用幾乎聽不出的聲音斷斷續續地說，一再輕輕地吻他的手。

「我比以前更愛你了。」安德烈公爵說，同時托起她的臉，想更清楚地看看她的眼睛。

這雙眼睛，滿含幸福的淚水，羞怯、同情、快樂和深情地瞧著他。娜塔莎形容憔悴蒼白，嘴唇浮腫，不僅不好看，簡直很可怕。但安德烈公爵沒有看到這張臉，他只看到那雙亮晶晶的美麗眼睛。他們後面有人在說話。

跟班彼得這時完全清醒了，便喚醒醫生。基莫興因為腿痛一直沒有睡著，早就看見了眼前的情景，縮在凳子上，竭力用被單蓋住自己的光身子。

「這是怎麼一回事？」醫生從床上坐起來，問，「請您走吧，小姐。」

這時候有人敲房門。伯爵夫人發現女兒不在，就派使女來找。

娜塔莎好像一個夢遊病患者，在睡夢中被人弄醒。她離開房間，回到自己屋裏，痛哭失聲，倒在

床上。

從那天起，在羅斯托夫一家的旅程中，每到一處休息和宿夜的地方，娜塔莎總是寸步不離負傷的安德烈。醫生不得不承認，他沒有想到一個姑娘能這樣堅強，照顧傷員又這樣熟練。

儘管伯爵夫人想到安德烈公爵可能死在女兒的懷抱裏（聽醫生說，這是很可能的），感到不寒而慄，但她不能禁止娜塔莎這樣做。雖然負傷的安德烈公爵和娜塔莎現在又很親近，要是他恢復健康的話，兩個年輕人又可能恢復婚約，但是沒有人提到這一點，尤其是娜塔莎和安德烈公爵本人，因為生死未決的問題不僅存在於安德烈公爵身上，也存在於整個俄羅斯身上，在這種情況下，其他問題也就顧不上了。

14

瑪麗雅公爵小姐從尼古拉那裏知道她哥哥和羅斯托夫一家同住在雅羅斯拉夫爾後，就不顧姨媽的勸阻，立刻準備動身，不僅自己去，而且帶侄兒一起去。至於有沒有困難，有沒有可能，她不打聽，也不想知道：她的責任是不僅親自趕到可能生命垂危的哥哥身邊，而且一定要把兒子給他帶去。於是她準備動身。安德烈公爵沒有直接通知她，她認為要麼是他虛弱得不能寫信，要麼是他認為，長途跋涉對她和對他兒子來說都太艱難太危險了。

第四卷
第一部

瑪麗雅公爵小姐為出門做了幾天準備。她的車隊包括她坐到沃羅涅日的那輛公爵的大轎車、幾輛篷車和行李車。隨行的有布莉恩小姐、小尼古拉和他的家庭教師、老保母、三個使女、季洪、一個年輕的男僕和姨媽派來護送她的跟班。

　　走平時去莫斯科的路根本不可能，因此瑪麗雅公爵小姐得繞道經過利佩茨克、梁贊、弗拉基米爾和舒亞。這條路很長，也很難走，因為不是到處都能找到驛馬，甚至有危險，因為據說梁贊附近已出現法國兵。

　　在這次艱難的旅行中，布莉恩小姐、德薩爾和僕人對瑪麗雅公爵小姐的堅強意志和充沛精力都感到驚訝。她睡得最晚，起得最早，任何困難都難不住她。她的非凡意志和精力鼓舞了她的旅伴，到第二個星期末，他們已抵達雅羅斯拉夫爾。

　　瑪麗雅公爵小姐在沃羅涅日逗留的最後幾天，是她一生中最幸福的時刻。她對尼古拉的愛情已不再使她煩惱和不安。這愛情充滿了她的整個心靈，成為她身上不可分割的一部分，她不再抗拒。近來，瑪麗雅公爵小姐確信，她被人所愛，也愛上了人，儘管她從沒對自己明確說過。她最後一次同尼古拉見面時，尼古拉告訴她，她哥哥同羅斯托夫一家人住在一起，那時她就確信這一點。雖然尼古拉隻字未提一旦安德烈公爵康復，他和娜塔莎可能恢復關

係，但瑪麗雅公爵小姐從他的臉上看出，他知道這一點，並且考慮到這一點。雖然如此，他對她那種謹慎、親切和鍾愛的態度不僅沒有改變，而且很高興，因為那樣他們就有了親戚關係，他可以更自由地向她表達他的友愛，——瑪麗雅公爵小姐有時這樣想。瑪麗雅公爵小姐知道這是她生平第一次也是最後一次戀愛，她發覺有人愛她，心裏感到安慰和幸福。

這種精神上的幸福並不能沖淡她對哥哥病情的深切憂慮，相反，使她更加為哥哥傷感。她從沃羅涅日動身時，這種感情是那麼強烈，以致送行的人望著她那沮喪憔悴的臉，都擔心她會在半路上病倒；但瑪麗雅公爵小姐一路上不斷操勞，憂心忡忡，倒暫時忘記了悲傷，增添了力量。

正像旅行時常有的那樣，瑪麗雅公爵小姐一心只想著旅行，而忘記了旅行的目的。但當他們快到雅羅斯拉夫爾時，一想到面臨的事情不是再過幾天，而是當天晚上就要實現，她內心的激動便達到了極點。

跟班被先派去打聽羅斯托夫家住在雅羅斯拉夫爾什麼地方，安德烈公爵的情況怎樣。他回來時在城門口遇見公爵的大轎車，看見公爵小姐從車窗裏探出來的頭，臉色蒼白得厲害，不覺大吃一驚。

「什麼都打聽到了，公爵小姐：羅斯托夫一家住

在廣場旁商人勃朗尼科夫家。離這兒不遠，就在伏爾加河畔。」跟班說。

瑪麗雅公爵小姐驚疑地望著他的臉，不明白他對她說的話，不明白他為什麼不回答她的主要問題：哥哥情況怎樣？布莉恩小姐又替瑪麗雅公爵小姐提了這個問題。

「公爵怎麼樣？」她問。

「公爵老爺同他們都住在那所房子裏。」

「這麼說，他還活著。」瑪麗雅公爵小姐想，接著又低聲問：「他怎麼樣？」

「僕人們說，還是那個樣子。」

「還是那個樣子」是什麼意思，公爵小姐沒有問，只偷偷地瞧了一眼坐在她面前欣賞市容的七歲的小尼古拉，低下頭去，直到那輛沉重的轎車轆轆地響著，顛簸著，搖擺著，停下來，她才抬起頭。車梯匡啷一聲放下來。

車門打開了。左邊是一條大河，右邊是台階。台階上站著幾個男僕，一個女僕，還有一個面色紅潤、梳著烏黑大辮子的姑娘。瑪麗雅公爵小姐覺得她的微笑有點勉強。這是宋尼雅。公爵小姐跑上樓梯，那個勉強微笑的姑娘說：「這邊走！這邊走！」公爵小姐來到前廳，看見一個東方臉型的老婦人神情激動地向她迎面快步走來。原來是伯爵夫人。她擁抱了瑪麗雅公爵小姐，吻著她。

「我的孩子！」她說，「我愛你，我早就知道你了。」

瑪麗雅公爵小姐雖然心裏很激動，但知道這位就是伯爵夫人，得同她說說話。她學著人家對她說話的腔調，脫口用法語說了幾句客套話，然後問：「他怎麼樣？」

「醫生說他沒有危險。」伯爵夫人說，但說的時候嘆了一口氣，眼睛向上看。這個神態表示出同她說的話相反的意思。

「他在哪裏？可以看看他嗎？可以嗎？」公爵小姐問。

「稍等一下，公爵小姐，稍等一下，我的朋友。這是他的兒子嗎？」她對著同德薩爾一起進來的小尼古拉說。「這裏房子很大，大家都住得下。哦，真是個可愛的孩子！」

伯爵夫人把公爵小姐領到客廳。宋尼雅跟布莉恩小姐談著話。伯爵夫人親著小尼古拉。老伯爵走進來，對公爵小姐表示歡迎。自從公爵小姐上次見到伯爵以來，伯爵的模樣大變了。當時他還是一個快樂活潑、信心十足的小老頭，如今可變成一個茫無所措的可憐人了。他在同公爵小姐談話時，不斷地東張西望，彷彿在問人家，他做得對不對。自從莫斯科被毀、他家破產以來，他脫離了生活常軌，顯然覺得已失去生活意義，他在生活中的地位也沒有了。

瑪麗雅公爵小姐心情十分激動，一心想趕快看到哥哥，可是人家卻同她應酬，裝腔作勢地稱讚她的侄兒。但她注意到周圍的情況，覺得暫時只能順應這種局面。她知道這一切都是無法避免的，心裏感到不痛快，但她並不生他們的氣。

　　「這是我的外甥女，」伯爵介紹宋尼雅說。「您不認識她吧，公爵小姐？」

　　公爵小姐向她轉過身去，竭力壓下心頭對這個姑娘的敵意，吻了吻她。但她發現周圍人的心情離她的心情太遠，感到很難受。

　　「他在哪裏？」她又一次問大家。

　　「他在樓下，娜塔莎陪著他，」宋尼雅紅著臉回答。「已經派人去打聽情況了。我想您一定累了吧，公爵小姐？」

　　公爵小姐焦急得眼眶裏湧出淚水。她轉過身去，又想問問伯爵夫人怎樣去他那兒，這時門外傳來輕快急促的腳步聲。公爵小姐回過頭去，看見了幾乎是跑進來的娜塔莎，就是好久前在莫斯科見面時她很不喜歡的那個娜塔莎。

　　但此刻公爵小姐一看見娜塔莎，立刻明白這是一位能與她共患難的真正伙伴，因此是她的朋友。她奔過去一把抱住她，伏在她的肩上哭起來。

　　娜塔莎坐在安德烈公爵床頭，一聽說瑪麗雅公爵

小姐到了，就悄悄走出他的房間，用瑪麗雅公爵小姐覺得輕快的步伐向她跑來。

她跑進客廳，她那興奮的臉上只有一種表情：愛，無限的愛，愛他，愛她，愛她心愛的人所親近的一切，以及同情人，渴望為幫助人而獻出自己的一切。此刻娜塔莎心裏顯然完全沒有想到自己，沒有想到她同安德烈公爵的關係。

瑪麗雅公爵小姐很敏感，一看見娜塔莎的臉，便全明白了，她悲喜交集，立即伏在她的肩上哭起來。

「走，我們去看看他，瑪麗雅。」娜塔莎說著把她領到另一個房間。

瑪麗雅公爵小姐抬起頭，擦乾眼淚，面對著娜塔莎。她覺得可以從娜塔莎那兒瞭解到一切。

「那麼……」她剛要問，立刻又停住。她覺得無法用語言來問答。娜塔莎的臉色和眼睛能更清楚更深刻地說明一切。

娜塔莎對她望望，似乎有顧慮：要不要把她所知道的一切全說出來。她彷彿覺得，面對著這雙光芒逼人、能看透她內心深處的眼睛，她不能不把她看到的全部真相說出來。娜塔莎的嘴唇突然抖動了一下，嘴角出現難看的皺紋。她哭起來，用雙手搗住臉。

瑪麗雅公爵小姐全明白了。

但她仍抱著希望，就用自己也不相信的語言問道：

「他的傷勢怎麼樣？總的情況怎麼樣？」

「您，您……就會看到的。」娜塔莎只說得出這樣一句話。

她們在樓下他房間旁邊坐了一會兒，以便止住哭泣，若無其事地進去看他。

「整個病情怎麼樣？惡化好久了嗎？出現這種情況有多久了？」瑪麗雅公爵小姐問。

娜塔莎說，最初因高燒和疼痛發生過危險，但到了聖三一修道院就過去了，醫生只擔心一件事：發生壞疽。但這種危險也過去了。來到雅羅斯拉夫爾後，傷口開始化膿（娜塔莎知道化膿是怎麼一回事）。醫生說，化膿可能平安過去。隨後發燒了。醫生說，發燒並不太危險。

「可是兩天前，」娜塔莎說，「突然出現了這種情況……」她忍住哭泣說。「我不知道是什麼緣故，但您會看到他變得怎樣了。」

「他身子更弱了？更瘦了？……」公爵小姐問。

「不，不是的，情況還要糟。您會看到的。唉，瑪麗雅，瑪麗雅，他這人太好了，但他活不了，活不了……因為……。」

15

娜塔莎熟練地打開他的房門，讓瑪麗雅公爵小姐走在前面，這時公爵小姐覺得喉嚨已被一陣哽咽堵

住。不論她怎樣做好思想準備，竭力保持鎮靜，她知道見到他還是忍不住眼淚。

瑪麗雅公爵小姐明白，娜塔莎說「兩天前出現了這種情況」是什麼意思。她明白，這是說他突然變得虛弱，而虛弱和感傷往往是死亡的徵兆。她走到門口，就想像到她從小熟悉的安德烈那張溫柔親切的臉，這種神色他不常有，因此每次看見都使她感動。她知道他會悄悄地對她說些親切的話，就像父親臨終時那樣，她一定會受不了而放聲大哭。但這事早晚總要發生，她只得硬著頭皮走進屋去。她那雙近視眼越來越看清他的身體和面貌，她越來越難以忍住即將爆發的慟哭，她終於看見他的臉，並且同他的目光相遇了。

他靠著枕頭躺在沙發上，身穿一件灰鼠皮睡袍。他又瘦又白。他那瘦骨嶙峋的白蠟般的手，一隻拿著手帕，另一隻輕輕地摸弄著稀疏的鬍子。他的眼睛望著進來的人。

瑪麗雅公爵小姐一見他的臉，一遇到他的目光，立刻放慢腳步，覺得眼淚突然乾了，哽咽也停止了。她看清他臉上的神態和目光，突然變得膽怯，並且感到內疚。

「我有什麼事可以內疚的呢？」她問自己。「你活著，只想到活人的事，可是我！……」他那嚴厲冰冷的眼神這樣回答。

他慢慢地抬起眼睛，瞧了瞧妹妹和娜塔莎，他那不是往外瞧而是向自己內心探視的深邃目光幾乎帶著敵意。

他照例同妹妹互相吻了吻手。

「你好，瑪麗雅，你是怎麼到這兒來的？」他說，聲音同眼神一樣平靜而陌生。他要是絕望地尖叫，還不至於使瑪麗雅公爵小姐感到這樣驚心動魄。

「你把小尼古拉也帶來了？」他仍舊那麼平靜而緩慢地說，顯然在竭力回憶。

「現在你身體怎麼樣？」瑪麗雅公爵小姐問，她這樣問，連自己也感到吃驚。

「我的朋友，這事你得問醫生。」他說，顯然竭力想表示親熱。接著他又悄悄地說（他似乎根本沒想到他在說什麼）：「謝謝你來看我，親愛的朋友。」

瑪麗雅公爵小姐握了握他的手。她的握手使他微微皺起眉頭。他不作聲，她也不知道說什麼好。她明白這兩天來發生的變化。在他的話裏，在他的語氣裏，特別是在他的眼神裏，在他那冰冷的含有敵意的眼神裏，有一種使活人感到害怕、同人世疏遠的神色。看來，現在他很難理解活人的事，但同時使人覺得，他不理解活人的事並非因為他喪失理解力，而是因為他理解那種活人所不能理解而佔據他整個身心的事。

「你看，多麼奇怪，命運又把我們連在一起！」

他打破沉默，指指娜塔莎說。「她一直在照顧我。」

瑪麗雅公爵小姐聽著，但不明白他的話。這個聰明多情的安德烈公爵怎麼能在這個為他所愛並愛他的人面前說這種話呢！他如果想活下去，怎麼能用這種冷得使人難受的語氣說這種話呢！他如果知道自己快死了，怎麼能不可憐她，怎麼能當著她的面說這種話呢！只能有一種解釋，他對什麼都無所謂，因為他已得到一種極其重要的啟示。

談話是冷淡的，不連貫的，而且常常中斷。

「瑪麗是取道梁贊到這兒來的。」娜塔莎說。安德烈公爵沒注意她對他的妹妹用了暱稱。而娜塔莎當著他的面這樣稱呼她，自己也是第一次注意到。

「那又怎麼樣？」他問。

「她聽人說莫斯科燒光了，統統燒光了，彷彿……。」

娜塔莎突然停住，她說不下去。他顯然在用心聽，但是聽不見。

「是的，據說燒光了。」他說。「真是太可惜了！」他眼睛望著前面，心不在焉地用手指捋著小鬍子。

「你遇到尼古拉伯爵了，瑪麗？」安德烈公爵突然說，顯然想說些使她們高興的話。「他來信說他很喜歡你。」他繼續若無其事地說，顯然不能理解他的話對活著的人具有複雜的含義。「你如果也愛

他，那就太好了……你們可以結婚。」他稍微快一點地添加說，彷彿因為找了許久終於找到這句要說的話而感到高興。瑪麗雅公爵小姐聽到他的話，沒有別的想法，只覺得他離開人世實在太遠了。

「談我的事做什麼！」她平靜地說，瞧了一眼娜塔莎。娜塔莎感到向她射來的目光，沒有抬頭看她。大家又不作聲。

「安德烈，你要不要……」瑪麗雅公爵小姐突然聲音發顫地說，「你要不要見見小尼古拉？他一直在想念你。」

安德烈公爵第一次露出依稀可辨的笑容，但熟悉他表情的瑪麗雅公爵小姐恐懼地看出，這微笑不是歡樂，不是表示對兒子的柔情，而是一種輕微的溫和的嘲笑，嘲笑瑪麗雅公爵小姐使用了自以為能激發他感情的最後一招。

「哦，小尼古拉來了，我很高興。他身體好嗎？」

小尼古拉被送到安德烈公爵跟前，他恐懼地望著父親，但沒有哭，因為沒有一個人在哭。安德烈公爵吻了吻他，顯然不知道同他說什麼好。

小尼古拉被帶走後，瑪麗雅公爵小姐又走到哥哥面前，吻了吻他，再也忍不住，就哭起來。

他凝視著她。

「你這是為了小尼古拉吧？」他問。

瑪麗雅公爵小姐一邊哭，一邊點點頭。

「瑪麗，你知道《福音書》……」他說到一半突然停住。

「你說什麼？」

「沒什麼。別在這兒哭。」他說，仍舊用冷冷的目光望著她。

瑪麗雅公爵小姐一哭，他明白她是哭小尼古拉要失去父親了。他好不容易使自己回到人間，像她們一樣看問題。

「是的，她們一定很傷心！」他想。「其實這事平常得很！」

「天上的飛鳥，也不種，也不收，也不積蓄在倉裏，你們的天父尚且養活它，」他自言自語，同時想把這句話說給公爵小姐聽。「不，她們有她們的想法，她們不可能理解！這種事她們不能理解，而她們所珍重的那些感情，我們認為非常重要的那些思想，其實是多餘的。我們不能相互理解。」於是他沒再說什麼。

安德烈公爵幼小的兒子才七歲。他剛學會認字，什麼也不懂。這一天以後，他經歷了許多事情，知識、觀察力和經驗都有了增長。但即使他當時具有後來的全部能力，也不能更深地理解他所看到的父親、瑪麗雅公爵小姐和娜塔莎三人演出的一幕。他懂得了一切，沒有哭，走出房間，默默地走到隨他出來的娜塔莎跟前，用他那雙沉思默想的好看眼睛

害羞地瞧了她一眼。他那翹起的鮮紅上唇抖動了一下，他把頭靠在她身上哭起來。

從那天起，他迴避德薩爾，迴避撫愛他的伯爵夫人，不是獨自坐著，就是膽怯地走到瑪麗雅公爵小姐和娜塔莎跟前，羞怯地同她們親近，而他喜歡娜塔莎似乎超過了姑姑。

瑪麗雅公爵小姐從安德烈公爵屋裏出來，完全明白了娜塔莎臉上的表情。她不再同娜塔莎談挽救他生命的事。她和娜塔莎輪流守在他的沙發旁，不再哭泣，但用心靈不斷向永恆的奇妙的上帝禱告。顯然，上帝已降臨到這個垂死的人身上。

16

安德烈公爵不僅知道自己要死，而且感覺到正在死去，已經死了一半。他有一種超脫塵世、輕鬆愉快的奇異感覺。他不慌不忙、平心靜氣地等待著即將降臨的事。他一生時常感覺到的那種威嚴、永恆、遙遠而不可知的東西，如今已近在咫尺，並且從那奇怪的輕鬆感上幾乎已能理解和接觸到。

他以前害怕生命結束。他有兩次極其痛苦地體驗過死的恐懼，如今已不再有這樣的感覺了。

那一次榴彈在他面前像陀螺似地打轉，他望著留茬地、灌木叢和天空，知道他正面對著死神，那時他第一次產生這樣的感覺。他負傷後清醒過來，精

神上彷彿頓時卸下生活的重擔，那朵永恆的、自由的、不受現實生活束縛的愛之花開放了，他不再怕死，也不再想到死。

在他負傷後處於孤獨和半昏迷狀態時，他越深入思考那向他啟示的永恆的愛，他就越擯棄塵世的生活。愛世間萬物，愛一切人，永遠為了愛而自我犧牲，那就是說不愛哪個具體的人，不過塵世的生活。他越領會這種愛的精神，就越擯棄塵世生活，越徹底消除那不存在愛的生死之間的鴻溝。他第一次想到死的時候，他對自己說：死就死吧，死了更好。

但在梅基希村那一夜，他在半昏迷狀態看見了那個他想看見的女人，他把嘴唇貼在她的手上，悄悄流著喜悅的淚水，對一個女人的愛又不知不覺潛入他的心坎，使他對人生又產生了眷戀。他心裏又產生快樂和興奮的念頭。他回想他在急救站看見阿納托里的情景，現在他已沒有那種感情了，他渴望知道一個問題：他是不是還活著？但他不敢問。

他的病情按照生理規律發展著，但娜塔莎所說的「他身上起了變化」，那是瑪麗雅公爵小姐到來前兩天的事。這是生死之間的最後一次搏鬥，而死佔了上風。他意外地發現他仍然珍惜生命，那是對娜塔莎的愛喚起的，也是他最後一次對未知世界的恐懼。

一天傍晚，他飯後照例有點低燒，但思緒非常清楚。宋尼雅坐在桌旁。他打著瞌睡。突然他心裏湧

起一陣幸福感。

「哦，是她來了！」他想。

真的，宋尼雅的座位上坐著剛悄悄進來的娜塔莎。

從她來照料他那天起，他便從生理上感覺到她就在身邊。她坐在安樂椅上，側身給他擋住燭光，打著襪子（她學會打襪子，是因為安德烈公爵有一次對她說，誰也比不上老保母會服侍病人，她們總是悄悄坐著打襪子，而這種活動最能使人心寬）。她那纖細的手指迅速地活動著，鋼針有時相互碰撞，他清楚地看見她那低頭沉思的側影。她動了一下，線團從膝蓋上滾下去。她打了個哆嗦，回頭看了看他，手擋住燭光。她小心而靈活地彎下身，撿起線團，又照原來的姿勢坐下。

他一動不動地瞧著她，發現她這樣一動後需要深深喘一口氣，但她不敢這樣做，只小心翼翼地把氣緩緩透過來。

他們在聖三一修道院談到過往事。他對她說，他如果能活下去，他要永遠感謝上帝使他負了傷，因為這傷使他同她重逢；但從此以後，他們沒再談過未來的事。

「這事會不會有結果？」此刻他望著她想，同時傾聽著鋼針輕輕的相碰聲。「難道命運這麼奇怪地使我同她重逢，就是為了讓我死嗎？……難道向我啟示人生的真諦，就是為了讓我過虛偽的生活嗎？

我愛她勝過世上的一切。我愛她，可是叫我怎麼辦呢？」他自言自語。他突然不由自主地呻吟起來，這是他在痛苦中養成的習慣。

娜塔莎聽見呻吟聲，放下襪子，向他折過身去。她突然發現他眼睛發亮，就輕輕走到他面前，俯下身去問：

「您沒睡著？」

「沒有，我瞧了您好半天，您進來時我就發覺了。沒有一個人像您這樣使我心裏平靜……給我光明。我高興得真想哭。」

娜塔莎向他挨得更近些。她的臉煥發著興奮的光輝。

「娜塔莎，我太愛您了。我愛您勝過世上的一切。」

「那麼我呢？」她轉過身去一會兒。「為什麼說太愛了？」

「為什麼說太愛嗎？……那麼，您覺得怎麼樣，您心裏覺得我還能活下去嗎？您認為怎麼樣？」

「我相信，我相信您能活下去！」娜塔莎熱情地握住他的雙手，簡直在大聲疾呼。

他沒作聲。

「那太好了！」他拉起她的手吻了吻。

娜塔莎感到幸福和激動。她立刻想到，這樣不行，他需要安靜。

「可是您還沒睡呢，」她克制著心頭的喜悅說。

「您快睡吧⋯⋯快睡吧。」

他緊緊地握了握她的手，把它放下。她回到蠟燭前面，又照原來的姿勢坐下。她兩次回頭看他，遇見他閃閃發亮的眼睛。她強使自己專心打襪子，不打完就不看他。

果然，沒多久他就閉上眼睛睡著了。他睡了沒多久，又突然出了一身冷汗驚醒了。

他在睡夢中還是念念不忘近來一直縈迴腦際的問題：生和死。但想得更多的是死。他覺得自己離死更近了。

「愛？愛是什麼？」他想。「愛阻止死。愛就是生。因為我愛，我才懂得一切，一切。因為我愛，世間才存在一切，一切。只有愛才能把一切聯繫起來。愛就是上帝，而死就是我這個愛的因子回到萬物永恆的起源。」這些思想使他得到安慰。但這只是一些思想，其中缺乏些什麼，偏於個人理性的成分，不夠明確。仍然是憂慮和迷惘。他睡著了。

他做了一個夢，夢見他躺在現在躺著的房間裏，但身體健康，沒有負傷。他面前出現形形色色冷淡而渺小的人。他同他們談話，爭論一個無關緊要的問題。他們準備去什麼地方。安德烈公爵模模糊糊地記得，這一切都是無關緊要的，他有其他重要得多的事要做，可他仍在說些空洞的使大家驚訝的俏皮話。這些人一個個悄悄地消失，只剩下一個關門

的問題。他站起來向門口走去，想把門閂上。一切都決定於他是不是來得及把門鎖上。他連忙向門口走去，可是兩腿不聽使喚。他知道來不及把門關上了，但還是拚命使出全身力氣。他感到魂飛魄散。其實這就是死的恐懼：它就在門外。當他虛弱無力地向門口爬去時，那個叫人毛骨悚然的東西正在門外使勁地推，眼看著就要破門而入。那個非人間的東西—死神正要破門而入，得擋住它。他抓住門把手，拚死命抵住門，即使來不及上鎖，也得把門堵住，可是他的力氣弱得可憐，那個叫人毛骨悚然的東西把門推開，接著門又關上了。

它再次在門外推，他使出最後所有的力氣也沒有用，兩扇門被無聲地打開了。它走進來，它就是死神。於是安德烈公爵死了。

但就在安德烈公爵死去的一瞬間，他記起他在睡覺；也就在他死去的一瞬間，他掙扎著醒過來。

「是的，這就是死。我死了，我也就醒了。是的，死就是覺醒！」他的心靈豁然開朗了，那張至今遮蔽著未知世界的帷幕在他心靈前面揭開了。他覺得內心被束縛的力量獲得了解放，身上那種奇妙的輕鬆感也不再消失。

他出了一身冷汗醒過來，在沙發上動了動，娜塔莎走到他身邊，問他怎麼了。他沒有回答，不明白她在說什麼，只目光異樣地對她望望。

這是瑪麗雅公爵小姐到來前兩天的事。據醫生說，從那天起病情惡化，高燒耗盡了他的體力，但娜塔莎並沒有注意醫生的話，她親眼看到精神上可怕的症狀，更加確信情況嚴重。

那天，安德烈公爵從睡夢中驚醒，也就是從人生中覺醒。他覺得，從人生中覺醒並不比從睡夢中驚醒來得慢。

不過，這種緩慢的覺醒並沒有什麼可怕和難受。

他的最後幾天和最後時刻過得平淡而安靜。瑪麗雅公爵小姐和娜塔莎一直守著他，都有這樣的感覺。她們沒有哭，沒有發抖，最後幾天她們自己也覺得，她們不是在照顧他（他已不存在，他已離開她們了），而是在照顧最親切的東西——他的軀體。她們倆的感情是那麼強烈，以致死的可怕形式對她們已不起作用。她們覺得沒有必要觸動她們的悲傷。她們在他面前沒有哭，背著他也沒有哭，彼此之間也從不談到他。她們覺得無法用語言來表達她們的感受。

她們倆都看到，他在緩慢而平靜地離她們而去，越來越深地進入一個世界。她們倆明白，這是必然的結果，沒有什麼不好。

神父給他做了懺悔，授了聖餐；大家都來和他告別。他們把他的兒子領來，他吻了吻兒子的臉，接著就轉過身去，並非因為他感到難過或者傷心（這

一點瑪麗雅公爵小姐和娜塔莎都明白），而是因為他認為要他做的就是這一些；但當他們要他給兒子祝福時，他也照辦了。他還環顧了一下，彷彿在問，還有什麼事要他做。

當靈魂離開身體，身體做最後抽搐時，瑪麗雅公爵小姐和娜塔莎都在場。

「過去了吧？」他的身體一動不動地躺了幾分鐘，漸漸變涼，瑪麗雅公爵小姐說。娜塔莎走上前去，瞧了瞧那雙死去的眼睛，連忙給他合上。她給他合上眼睛，但沒有吻他，而是把身子貼近那引起她最親切回憶的身體。

「他到哪裏去了？他現在在什麼地方？……」

他的遺體洗好穿上衣服躺在桌上的棺材裏。這時，所有的人都來向他告別，大家都哭了。

小尼古拉哭，是因為難堪的困惑使他心碎。伯爵夫人和宋尼雅哭，是因為可憐娜塔莎，而且從此失去了他。老伯爵哭，是因為他感到不久他也將邁出這可怕的一步。

娜塔莎和瑪麗雅公爵小姐也在哭，但她們不是為自己的悲傷而哭。她們哭，是因為面對這簡單而莊嚴的死的奧秘，內心充滿了虔敬的感情。 ■

這本書的譜系
Related Reading

普希金（Alexander Pushkin，1799-1837）

代表作品：《葉夫根尼‧奧涅金》

其創作年代被稱為黃金時期，這時期以詩歌為主流。但普希金很快嗅到小說這個敘事體裁的未來性，寫了詩體小說《葉夫根尼‧奧涅金》，在此創造出的「多餘人」形象影響到後來的寫實主義小說主題，之後他更直接以非韻文寫出《貝爾金小說集》，正式將俄國文學體裁的潮流帶往小說的方向，在內容與形式上均有極大貢獻，他不僅是十九世紀俄國文學的開端，也是整個近代俄國新文學新語言的創建者。

對中國的影響：從1930年代起，普希金便被介紹到中國。最早影響了中國早期一些現代詩人的創作。魯迅、茅盾等人極力推出普希金的詩文，認為他的作品可以鼓舞中國人民在困境中奮鬥前進。

萊蒙托夫（Mikhail Lermontov，1814-1841）

代表作品：《當代英雄》、《鮑羅金諾》、《詩人之死》、《祖國》、《孤帆》、《惡魔》、《童僧》、《假面舞會》等

被視為普希金的後繼者，拓展了俄國文學的浪漫主義風格，代表作涵括詩歌、小說、戲劇。

對中國的影響：萊蒙托夫的詩著重社會現實生活，特別是政治生活的傳統，對俄羅斯當時及後世詩歌產生了較大影響。同時也影響到中國詩壇，從個人寫作走向重視社會化的寫作。

杜思妥也夫斯基（Fyodor Dostoyevsky，1821-1881）

代表作品：《卡拉馬佐夫兄弟》、《罪與罰》等

杜思妥也夫斯基是西方現代文學中影響極為深遠的一位作家，擅長心理剖析，尤其是揭示內心分裂。《卡拉馬佐夫兄弟》是其生前最後一部作品，深刻探究人類的心理層面、揭發人類靈魂與性格的矛盾衝突。

對中國的影響：其文學風格對二十世紀的世界文壇產生了深遠的影響，包括福克納、卡繆、卡夫卡，日本知名大導演黑澤明等。杜思妥也夫斯基與同時期的屠格涅夫、托爾斯泰並稱俄國寫實小說三大家。

果戈里（Nikolai Gogol，1809-1852）

代表作品：《死魂靈》

以怪誕、諷刺的文筆將俄國的小說體裁和批判寫實主義帶出一個明朗的天空。

對中國的影響：魯迅非常喜歡果戈里的作品，也著有同名作品《狂人日記》，翻譯了《死魂靈》，也從中汲取果戈里的笑中帶淚的諷刺筆法寫出《阿Q正傳》。

屠格涅夫（Ivan Turgenev，1818-1883）

代表作品：《獵人筆記》、《父與子》、《羅亭》、《前夜》等

其作品不僅對俄國本土影響甚鉅，也是將俄國寫實主義推廣至世界的重要使者，《獵人筆記》影響沙皇下令解放農奴，六部長篇小說則鮮活地描繪出他那個時代的社會動向。

對中國的影響：巴金曾對屠格涅夫有這樣一段評論：「……他很有才華。我寫小說受他影響不小，但他這個人有相當多的地主老爺的氣味，晚年生活寂寞而且痛苦，頗似他所描寫的多餘人。」

契訶夫（Anton Chekhov，1860-1904）

代表作品：短篇小說《萬卡》、《苦惱》、《草原》，戲劇《海鷗》、《三姐妹》、《櫻桃園》等

十九世紀末則是文學潮流轉變之際，從寫實主義過度到現代主義的渾沌時期，這時契訶夫以短篇小說與戲劇奠定了自己的文學大師地位。

對中國的影響：中國著名作家魯迅、葉聖陶、張天翼、沈從文、沙汀、曹禺、夏衍等，亦受到契訶夫的影響。像是魯迅的許多小說在內容題材上和契訶夫短篇小說有相似之處，以社會小人物的遭遇作為創作的題材，反映深刻的社會問題。

延伸的書、音樂、影像
Books, Audio & Videos

《戰爭與和平》（全四冊）

作者：列夫‧托爾斯泰

譯者：草嬰

出版社：上海文藝出版社，2007年

托爾斯泰被譽為最偉大的俄國文學家，此書以戰爭問題為中心，並以四個貴族家庭為線索，展現當時的俄國歷史以及各階級的生活，是一部再現當時社會風貌的恢弘史詩。

《安娜‧卡列尼娜》（上、下冊）

作者：列夫‧托爾斯泰　譯者：草嬰

出版社：木馬文化，2003年

本書描述一位上流貴婦—安娜，因為父母的安排，嫁給一位年長卻冷漠無情的官員，但追求個性解放和愛情自由的安娜，在偶然的邂逅中結識一位風流倜儻的年輕軍官。墜入情網的安娜，進而拋夫棄子與愛人同居。但因為上流社會的價值觀，讓安娜這段出軌的戀情，終究以悲劇收場。

《復活》

作者：列夫‧托爾斯泰　譯者：草嬰

出版社：木馬文化，2003年

俄國貴族聶赫留多夫年輕時一時衝動愛上了平民少女瑪絲洛娃，引誘少女委身於他，但懷孕後卻被逐出貴族之家。歷盡滄桑的她最後淪落風塵且涉及一宗謀殺案，恰巧遇到聶赫留多夫擔任陪審團員，認出少女的聶赫留多夫內心受到衝擊，領悟到是因為他的錯才使她受到這樣的苦，因此決心贖罪。

《獵人筆記》

作者：屠格涅夫　譯者：馮春

出版社：上海譯文出版社，2006年

本書以一個獵人的行獵為線索，刻畫出地主、管家、貴族知識分子、農奴等眾多的人物形象，表現出農奴制度下各階層人民的生活。屠格涅夫以作品訴說了腐敗的農奴制度，顯示其民主主義的思想。

《罪與罰》

作者：杜思妥也夫斯基　譯者：朱海觀、王汶

出版社：人民文學出版社，2003年

《罪與罰》是俄國大文豪杜思妥也夫斯基的代表作之一。小說描寫一位認為自己是個超人的窮大學生拉斯柯爾尼科夫，受無政府主義思想影響，為生活所迫，殺死放高利貸的房東老太婆和她無辜的妹妹，成為一起震驚全俄的凶殺案。經歷了內心痛苦的懺悔後，最終在基督教徒索尼雅姑娘的規勸下，投案自首，被判流放西伯利亞。

《戰爭與和平》

導演：金‧維多（King Vidor）

主演：奧黛麗‧赫本（Audrey Hepburn）、亨利‧方達（Henry Fonda）、梅爾‧法瑞爾（Mel Ferrer）

歐美影史上被視經典的同名電影，由美國知名影星奧黛麗‧赫本主演，於1956年上映。當年被評為美國十大賣座影片之一，1957年獲得奧斯卡獎三項提名。1968年前蘇聯也改編《戰爭與和平》成同名電影，片長近七個小時，由邦達丘克（Sergei Bondarchuk）執導，並飾演片中皮埃爾（Pierre）一角，此片曾榮獲奧斯卡最佳外語片獎。2007年，《戰爭與和平》再次被改編成四集的電視電影，由歐洲六國共同拍攝製作，主要演員來自法國、德國、義大利和俄羅斯等國。

《遲來的情書》

導演：瑪花‧范恩斯（Martha Fiennes）

演員：雷夫‧范恩斯（Ralph Fiennes）、麗芙‧泰勒（Liv Tyler）

根據俄國作家普希金的作品《葉夫根尼‧奧涅金》改編而成。故事背景是十九世紀的俄羅斯，貴族奧涅金為了繼承遺產回到家鄉，邂逅了少女泰天娜。泰天娜對奧涅金一見鍾情，但奧涅金卻拒絕了她的愛。在一次誤會下，奧涅金意外親手殺死了自己的好友，為了躲避警方的追捕，只好遠走他鄉。幾年後，兩人再度重逢，但泰天娜卻已經是有夫之婦。本片由瑪花‧范恩斯執導，曾獲得東京影展最佳導演獎。

《1812序曲》

作曲：彼得‧伊里奇‧柴可夫斯基

為柴可夫斯基於1880年創作的一部管弦樂作品，為紀念1812年庫圖佐夫帶領俄國人民擊退拿破崙大軍的入侵，贏得俄法戰爭的勝利。

普羅高菲夫《戰爭與和平》

《戰爭與和平》是普羅高菲夫（Sergei Prokofiev）根據俄國作家托爾斯泰同名小說，所改編而成的歌劇。這是普羅高菲夫費時數十年，才完成的歌劇傑作。

什麼是幸福 戰爭與和平

原著：托爾斯泰
導讀：王安憶
故事繪圖：可樂王

策畫：郝明義
主編：徐淑卿
美術設計：張士勇
編輯：李佳姍
圖片編輯：陳怡慈
編輯助理：崔瑋娟
美術編輯：倪孟慧 戴妙容
邊欄短文寫作：丘光
校對：呂佳真

企畫：網路與書股份有限公司
出版者：大塊文化出版股份有限公司
台北市10550南京東路四段25號11樓
www.locuspublishing.com
讀者服務專線：0800-006689
TEL：886-2-87123898 FAX：886-2-87123897
郵撥帳號：18955675
戶名：大塊文化出版股份有限公司
法律顧問：全理法律事務所董安丹律師
版權所有 翻印必究

總經銷：大和書報圖書股份有限公司
地址：台北縣新莊市五工五路2號
TEL：886-2-8990-2588 FAX：886-2-2290-1658
製版：瑞豐實業股份有限公司
初版一刷：2010年5月
定價：新台幣220元
Printed in Taiwan

什麼是幸福《戰爭與和平》=War and Peace / 托
爾斯泰(Leo Tolstoy)原著 ； 王安憶導讀；可
樂王故事繪圖. -- 初版. -- 臺北市：大塊文化，
2010.05
　　面； 公分. -- (經典3.0；001)

　　ISBN 978-986-213-168-8(平裝)

880.57　　　　　　　　　　99001445